뛰어내리려는
여고생을 구해주면
어떻게 될까? 2
키시마 키라쿠
일러스트 / 쿠로 나마코
캐릭터 원안·만화 / 라탄

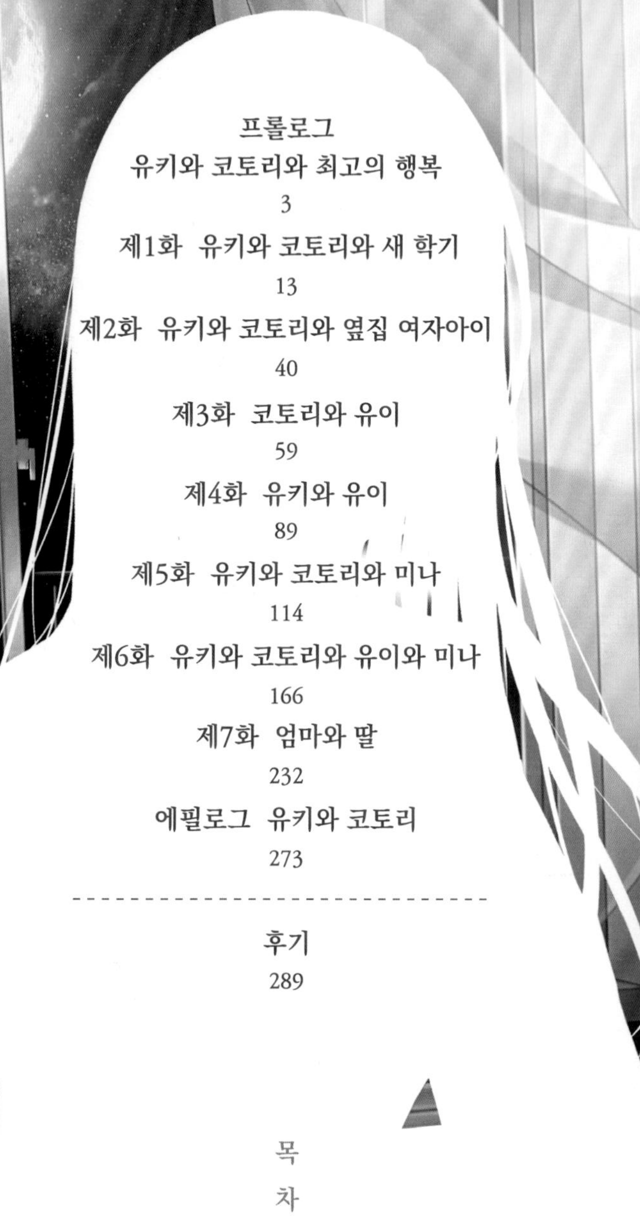

목차

나보다 훨씬 부모 같네.
호리이 미나
유이의 모친. 출신은 미국.
국내 유수의 게임 제작 회사
사장으로 1년 내내 일로
바쁜 나날을 보내고 있다.
……나, 대화하는 거 잘 못해.
호리이 유이
코토리 옆집에 살며 늘
스마트폰을 보는 소녀.
가끔 도우미가 오는 것
같지만 거의 집에서
혼자 지내고 있다.

유키 유스케
코토리의 남자친구. 변함없이 일과 공부로 바쁘지만 현재 행복의 최고조.
언제든지 놀러 와.

하츠시로 코토리
유키의 여자친구. 한때는 뛰어내리려고 했을 정도로 궁지에 몰렸었지만, 현재는 남자친구인 유키와 즐거운 매일을 보내고 있다.
어서 오세요. 유키 씨.

뛰어내리려는
여고생을 구해주면
어떻게 될까? 2
키시마 키라쿠
일러스트 / 쿠로 나마코
캐릭터 - 원안·만화 / 라탄

프롤로그 유키와 코토리와 최고의 행복

"……후우. 오늘은 일이 많았네."

일이 끝나고 돌아오는 길, 고등학교 2학년인 유스케는 한숨과 함께 중얼거렸다.

시각은 이미 22시가 넘어 주위는 캄캄하다.

오늘 유키는 친척이 경영하는 공장의 일을 도왔다.

바쁜 시기에는 오늘처럼 귀가가 늦어지는 일도 있지만 일반적인 아르바이트로는 절대 받을 수 없는 시급이기에 유키에게는 감사한 이야기였다.

그렇게 세간의 회사원 같은 업무량으로 온몸이 피로에 절은 유키였지만, 그 발걸음만큼은 무척 가벼웠다.

'어쨌든 나한테는 기다려주는 사람이 있으니까!'

헤실거리는 얼굴로 가끔 알 수 없는 경쾌한 스텝까지 섞어가며 한참 걸어가다 보니 그가 살고 있는 아파트 앞에 다다랐다.

아파트 계단을 가볍게 한 계단씩 뛰어올라 집 앞으로 향했다.

그리고 주머니에서 열쇠를 꺼내 문을 열려던 그때였다.

'……어?'

유키는 방금 자신이 올라온 계단으로 낯선 소녀가 올라

오는 것을 보았다.

'저런 애가 이 아파트에 있었나?'

상당히 눈에 띄는 외모였기 때문이다.

선명한 금빛 머리칼과 투명한 푸른 눈을 가진, 열 살이 채 되지 않아 보이는 소녀.

심지어 그 소녀는 유키 옆에 있는 코토리의 집, 그 옆에 자리한 집에 직접 열쇠를 따고 들어갔다.

"심지어 꽤 가까운 이웃이었네……."

지금까지 전혀 눈치채지 못했다.

"초등학생인가. 나랑 외출 시간이 다른 걸지도 모르겠네……. 뭐, 그건 그렇고."

유키는 다시 문에 열쇠를 꽂아 잠금을 풀고 기운차게 문을 열었다.

"다녀왔어!"

그렇게 말한 유키를 따뜻한 불이 켜진 현관이 맞이했다.

묘하게 좋은 냄새도 풍겼다.

"어서 오세요. 유키 씨."

그런 말과 함께 나타난 것은 검은 머리의 소녀, 시미즈 코토리였다.

옆집에 사는 유키의 여자친구. 교복 위로 앞치마를 두르고 있으며, 평소에도 이렇게 아침저녁으로 밥을 차려준다.

앞치마 차림에 다정하고 단정한 외모가 어우러져 보기만 해도 몸의 피로가 씻겨 내려가며 노곤한 따뜻함에 휩싸이는 기분이었다.

'……아, 이거지, 이거야.'

이렇게 일을 마치고 돌아와 현관에서 마중을 받는 것은 이미 몇 번이나 경험했지만, 그럼에도 기쁨에 무심코 입가가 느슨해졌다.

"저기, 코토리."

"왜요?"

"행복이란 뭘까?"

갑자기 무슨 소리예요? 그런 얼굴로 고개를 갸우뚱하는 코토리. 귀엽다.

"일단 쉽게 떠올릴 수 있는 건 '일 안 해도 잘 먹고 잘 사는 것'이지. 물론 일하지 않고 놀면서 살 수 있으면 최고겠지. 근데 그건 정말 행복일까?"

유키는 진지한 표정으로 계속 말을 이었다.

"예를 들면 우리 할아버지는 농사를 지으셨는데 내가 열 살 때 암으로 입원했다가 그대로 퇴원도 못 하고 돌아가셨거든. 할아버지가 늘상 병원 침대 위에서 하셨던 말씀은 '몸이 좋아지면 또 흙을 만지고 싶구나'였어. 생각해보면 세상의 억만장자들도 굳이 일하지 않아도 되는데 남들보다 더 열심히 공부하고 활동적으로 일하고 있잖아? 인간이란 어떻게 보면 일을 하지 않으면 충실함을 느끼지 못하는 생물이 아닐까?"

"으음."

"하지만 그렇다고 해서 일만 하면 되냐고 물으면 그건 또 아니잖아. 아무리 좋아하는 거라도 일을 하면 피곤하니까. 게다가 일만 하고 좋아하는 사람과의 시간을 소홀히 해서 고독해지면 본말전도야."

"그것도 그러네요."

"그러니까 '열심히 일하고 일이 끝나면 좋아하는 사람과 함께 마음 편히 쉴 수 있는 시간을 보내는 것'. 이게 행복이라고 생각해. 그리고 지금, 공부와 아르바이트를 녹초가 될 정도로 열심히 하고 돌아오면 이렇게 최고로 귀엽고 착한 여자애가 나를 기다리고 있지."

그리고 유키는 '으쓱!'하는 효과음이 어울릴 것 같은 모습으로 말했다.

"즉 나는 지금 '최고로 행복하다'고 생각하는데, 어떻게 생각해, 코토리?"

"네에, 오늘은 야채볶음과 돼지고기 생강구이예요."

웃는 얼굴로 훌륭하게 무시당했다.

"으음……."

"왜 그러세요? 돼지고기 생강구이는 별로인가요?"

"아니, 그런 일은 없어. 코토리가 만든 돼지고기 생강구이는 세상에서 제일 맛있어! 마지막 만찬이 있다면 반드시 메뉴에 포함시키고 싶어. 언제나 고마워!"

"감사해요. 옷은 주머니 속에 든 거 잊지 마시고 꼭 꺼내두세요."

코토리는 다시 웃는 얼굴로 그런 말을 전하고는 가벼운 걸음걸이로 거실 쪽으로 걸어갔다.

참고로 방금 그 미소는 귀여웠다.

정말로 귀여웠다(중요한 일이니 두 번 말했다).

"흐음. 그나저나……."

유키는 팔짱을 끼고 신음했다.

'만만치 않아졌네, 코토리 녀석.'

얼마 전까지만 해도 이런 말을 하면 매번 쑥스러워하면서 얼굴이 빨개졌었는데.

그 모습이 귀여웠단 말이다.

정말이지 귀여웠다.

진짜로 귀여웠다(중요한 일이니 몇 번이고 말한다).

"뭐, 익숙해진 거겠지……. 매번 두근거릴 수는 없나."

어쩔 수 없는 일이라고 생각하면서도, 살짝 서운한 마음이 드는 유키였다.

◇

돼지고기 생강구이와 야채볶음은 정말 맛있었다.

역시 코토리 요리는 최고로 맛있다. 특별히 간이 진하거나 특이한 것도 아닌데 먹으면 안심이 된다.

코토리는 빈 접시를 능숙하게 치우고는 냉장고에서 디저트로 만들어 놓은 우유 푸딩을 꺼냈다.

"자, 드세요, 유키 씨."

"아, 땡큐."

너무 달지 않은 산뜻한 맛의 이 푸딩은 유키가 좋아하는 간식이었다.

코토리는 유키 앞에 디저트를 놓고는 그대로 설거지를 시작했다.

이것이 두 사람의 평소 루틴.

이전에 한번 도와주려고 한 적은 있었다. 하지만 코토리가 오기 전까지는 거의 매일 편의점 도시락이나 컵라면으로 때워오던 유키는 화려하게 접시를 손에서 놓쳐 부숴 먹었다(심지어 두 번이나).

『저기…… 유키 씨는 쉬고 계셔도 괜찮아요. 일 때문에 피곤하실 테니까…… 아하하.』

진심으로 동정이 섞인 듯한 그 말을 들은 이후, 이 건에 관해서는 코토리 담당 대신(大臣)에게 모두 일임하기로 했다.

그 당시, 마치 불쌍한 생물을 보는 것 같던 코토리의 눈빛은 다음 생까지 잊지 못할 것이다.

"~~♪"

코토리는 예쁜 목소리로 콧노래를 부르며 설거지를 순조롭게 이어 나갔다.

실력이 무척 좋았다. 유키로서는 솔직히 기가 죽을 정도로 차이가 크다.

눈 깜짝할 사이에 설거지를 마친 코토리가 테이블 앞으로 돌아왔다.

"어? 유키 씨. 디저트 왜 안 드세요?"

"아니…… 코토리에겐 늘 신세만 지고 있다는 생각이 들어서."

솔직히 코토리가 사라지면 생활이 불가능할 것 같다. 고마우면서도 조금 미안하다.

"유키 씨는 제 몫의 식비를 내주고 있잖아요, 신경 쓸 필요 없어요."

"그런가?"

'뭐, 일단은 충분히 감사함을 음미하도록 할까…….'

그렇게 생각하고 숟가락을 든 유키.

그때 문득 어떤 것을 깨달았다.

"어, 푸딩이 평소보다 많네."

"그런가요?"

투명한 유리접시에 담긴 푸딩의 양이 평소보다 거의 두 배나 많았던 것이다.

원래는 단 음식을 너무 많이 먹으면 좋지 않다는 이유로 코토리가 양을 조절해서 담아주었는데.

"아, 그러고 보니 아까부터 기분이 좋아 보이던데. 설거지할 때도 저번에 오타니 녀석이랑 봤던 애니 노래를 흥얼거렸고."

"따, 딱히 그렇진 않은데요……."

코토리는 시선을 피하며 머리카락을 만지작댔다.
아, 부끄러워서 뭔가 감추려고 하는 거네.
"……설마? 혹시 아까 현관에서 했던 말이 기뻐서 그런 거야?"
아깐 가볍게 넘어간 거라 생각했는데, 사실은 기뻐서 수줍음을 감추느라 반응이 옅었던 것이다.
그 증거로 이쪽으로 돌아선 코토리는 쑥스러운 듯 얼굴을 붉히고 있었다.
"후후, 그래, 그래. 이렇게 알기 쉽게 기뻐해 주다니. 말하길 잘했네."
정말 사랑스럽다.
"……으우."
말랑말랑해 보이는 뺨을 볼록하게 부풀리는 코토리.
응, 귀여워.
"……유키 씨, 바보."
코토리는 그렇게 말하더니 유키의 어깨에 붉어진 얼굴을 부빗거렸다.
"잠깐, 그거 간지럽다니까."
하지 말라고 하면서도 어깨로 전해지는 코토리의 체온이 기분 좋았기에 유키는 그녀를 떨어뜨리는 짓은 하지 않았다.
오히려 앞으로 1시간 정도 더 이러고 있어줬으면 할 정도다.

유키에게는 이렇게 코토리와 별것 아닌 장난을 치는 시간이 무엇보다 소중했다.

"……저기, 유키 씨."

"왜, 코토리?"

코토리는 유키의 팔에 얼굴을 파묻은 채 잠긴 목소리로 말했다.

"저도 지금…… 행복해요."

"……그렇구나."

"……네."

그대로 잠시 두 사람 사이로 기분 좋은 정적이 흘렀다.

들리는 건 가끔 아파트 앞을 지나는 차 소리뿐. 그래서 코토리의 숨결이나 조금 높아진 자신의 심장 소리가 직접 전해졌다.

……아니, 정말로.

'평생 이 시간이 계속될 순 없을까…….'

유키는 반쯤 진심을 담아 그런 생각을 했다.

하지만 책상 위에 놓인 시계 속 시간은 느리지만 확실하게 나아가고 있었다.

시간을 보니 딱 자정. 오늘이 막 끝났다.

"아, 여름 방학도 끝이구나."

방금 끝난 오늘은 여름 방학 마지막 날.

여름 방학 전에는 많은 일들…… 정말 많은 일들이 있었다. 그런 것들도 이번 방학 동안 일단락되면서 이렇게 아르바이트와 공부에 매진하며 코토리와 보내는 일상이 돌아왔다.

내일은 개학, 2학기가 시작된다.

그리고 코토리가 유키의 학교로 전학을 온 뒤 처음 등교하는 날이기도 했다.

제1화 유키와 코토리와 새 학기

개학 날에도 유키는 여전히 가장 먼저 교실에 도착했다.

함께 온 코토리는 새 담임과 함께 필요한 준비를 하러 갔기에 유키는 여느 때처럼 자기 자리에 앉아 공부를 시작했다.

잠시 후 교실 문이 열렸다.

"학기 초부터 열심이네."

참고서에서 고개를 들 필요도 없다. 여자이면서도 힘 있는 이 목소리의 주인은 유일한 여자 사람 친구인 오타니 쇼코였다.

'여름 방학 땐 못 봤으니까 한 달만인가.'

애초에 학교에서는 대화하지만 특별한 용건이 없는 이상 방과 후에 함께 놀거나 하는 관계는 아니다.

여름 방학에 들어간 이후로 유키는 공부와 일로, 오타니는 여름에 개최되는 동인지 판매 행사 등을 준비하느라 서로 바빴고, 몇 번인가 코토리에 관한 메시지를 주고받았을 뿐이었다.

유키는 참고서에서 고개를 들고 오타니에게 대답을 하려 했다.

"오랜만이야, 오타니……."

그때.

"음……?"

충격적인 것이 눈에 들어왔다.

"……저기, 누구시죠?"

"잠이 덜 깼어? 본의는 아니지만 1학년 때부터 계속 네 뒷자리인 오타니 쇼코야."

확실히 그 목소리나 몸짓은 오타니가 맞는데…….

무슨 일이지. 한마디로 말하자면 '살이 빠진 오타니'였다.

압도적인 미인이 거기 있었다.

원래부터 이목구비는 단정했지. 하지만 지금은 얼굴에서 불필요한 살점들이 사라지면서 윤곽이 뚜렷해졌고, 박력 있는 눈빛은 쿨하고 지적이고 어른스러운 매력을 뽐내고 있었다. 게다가 살이 빠진 것은 주로 배 주변이나 얼굴 쪽이라 튀어나온 흉부나 엉덩이 쪽의 볼륨감은 그대로다.

머리도 조금 자라고 콘택트렌즈를 낀 것인지 안경도 벗은 상태. 그로 인해 귀엽다기보단 아름답다는 인상이 더욱 강해졌다.

'아니, 진짜 누군데, 너!'

스타일 좋은 현역 아이돌과 쿨 뷰티 여배우의 좋은 점을 합친 것 같은, 반칙적일 정도의 존재가 됐잖아.

예전부터 살을 빼면 굉장한 미인이 되겠다는 생각은 막연히 했었지만, 아무리 그래도 이건 정말 예상 밖이었다.

유키가 놀란 나머지 입을 떡 벌리고 멍하니 있자 오타니

가 작게 후후후 웃었다.

"뭐…… 보다시피. 이미지 좀 바꿔봤어."

"좀?"

이상하네, 내가 아는 '좀'과 의미가 다른 것 같다.

"감상은?"

"어, 아니, 저기, 깜짝 놀랐어."

"그런 건 네 얼빠진 면상을 보면 알아. 어떤 식으로 놀랐는지 물어보는 거야."

"……그런 걸 꼭 말해야 해?"

"감.상.은?"

오타니가 손에 들고 있는, 남자와 남자가 달라붙어 있는 소설책 끄트머리로 유키의 뺨을 꾹꾹 눌러왔다.

"아야야야야, 아, 아니, 너한테 그런 걸 말하기는 솔직히 좀 민망한데……."

찌릿, 콘택트렌즈를 낀 차가운 눈빛이 이쪽을 노려본다.

네, 죄송합니다. 항복입니다.

"……그거야, 뭐. 너무 예뻐서 놀랐어."

유키가 순순히 그렇게 말하자 오타니는 만족스러운 듯 고개를 끄덕였다.

"그래……. 고마워."

오타니는 그렇게 말하고는 유키 뒷자리에 앉더니 그대로 손에 들고 있는 책을 펼쳐 들어 독서를 시작했다.

겉모습은 상당히 달라졌지만 그 모습은 평소의 오타니

였기에 조금 안심감이 들었다.
"……근데 정말 놀랐어. 왜 바꾼 거야?"
"딱히…… 기분 전환 같은 거야."
오타니는 책에서 고개를 들지 않고 그렇게 말했다.
"그래?"
그러고 보니 전에 후지이가 여자애들은 기분 전환이라는 명목하에 헤어스타일이나 메이크업을 바꾸거나 귀를 뚫는다고 했었지.
"그보다 내 말이 정답이었네. 최고의 미인이 됐잖아."
유키는 오타니에게 오래전부터 "넌 살만 빼면 엄청난 미인이 될 거다"라고 자주 말해왔었다.
"어머, 직설적인 칭찬을 들으니 기쁘네."
"나는 이런 걸로 거짓말 안 해. 뭐, 코토리에겐 이길 수 없겠지만 말이야!"
찰싹!
"흐븝?!"
오타니가 날린 BL책의 가차 없는 일격이 유키의 안면에 직격했다.
"쓸데없는 한마디는 안 해도 돼, 이 은하급 멍청이야."

점심시간.

유키는 평소처럼 자신의 책상 위에 도시락을 펼쳤다.
당연히 코토리가 직접 만든 도시락이다.
"어, 유키. 코토리가 여기 전학 오는 거 오늘 맞지?"
오타니도 여느 때처럼 매점에서 산 빵을 먹으며 말했다.
"응? 그런데?"
"아니, 너니까 분명 점심시간이 되자마자 거친 숨을 몰아쉬며 한심한 얼굴로 그 애한테 날아갈 줄 알았거든."
"그게 무슨 이미지야?"
"아니야? 너라면 매일 알바를 마친 뒤에 코토리가 기다리는 집에 한시라도 빨리 돌아가고 싶어서 히죽거리는 면상으로 경쾌한 스텝을 밟으면서 종종걸음으로 달려갈 것 같은데."
"아니, 뭔데? 어떻게 알았어?"
어느 타이밍에 본 거지? 아르바이트 장소는 오타니의 집과는 반대 방향이었을 텐데.
"……."←(진심으로 구제불능인 바보를 보는 표정)
"왜 평소 후지이 녀석을 볼 때의 눈빛인데."
"……너무 예상대로라 잠깐 어이가 없어서. 뭐, 그건 그렇다 치고."
오타니는 카츠 샌드위치를 다 먹더니 또 다른 점심인 카레빵 봉투를 뜯으며 말했다.
"쓸데없는 참견일지도 모르지만 난 조금 걱정돼. 그 애, 잘할 수 있을까?"

"아."

오타니가 무슨 말을 하고 싶은지 금방 알아차렸다.

코토리는 자라온 환경이 특수했기에 이전 학교에서도 붕 떠 있었다. 그 탓에 금방 사라졌다고는 해도 왕따의 대상이 되기도 했다.

"글쎄. 나도 그 부분은 걱정되지만……."

유키는 그 일련의 사건을 통해 코토리에 대해 더 깊이 알게 되었다. 그래서 반대로 이런 생각이 들었다.

"의외로 괜찮을 것 같아. 고전은 할 수 있겠지만 코토리는 사실 누구보다 심지가 강한 아이니까. 오히려 내가 나서거나 하면 날 신경 쓰느라 반 애들이랑 얘기할 시간이 없어지잖아?"

확실하게 단언하는 유키의 눈을 지그시 바라보던 오타니가 곧 표정을 풀었다.

"……그래. 신뢰하고 있구나. 하지만 뭔가 고민이 있는 것 같으면 얘기도 들어줘."

"오, 그거야 물론이지. 이래 봬도 집에서는 계속 같이 있으니까. 코토리한테 뭔가 고민이 있다면 바로 알아차릴 수 있어!"

"아~ 그래, 그래. 행복해 보이니 다행이네."

오타니가 어딘가 먼 곳을 바라보더니 카레빵을 베어 물었다.

왜 어이없는 얼굴을 하고 있는지 유키는 이유를 알지 못했다.
“뭐, 아무튼 그래서 그쪽은 걱정이 없는데…….”
“뭐 다른 걱정거리라도 있어?”
“아니, 생각해 봐. 코토리는 세상에서 제일 귀엽고 착하잖아?”
“세계 제일인지는 모르겠지만, 뭐 그렇지.”
“게다가 우리 학교는 여자가 더 적지? 그러니까 남자들이 달라붙을까 봐, 오히려 코토리를 둘러싸고 남자들끼리 전쟁이 날까 봐 걱정돼.”
“아, 오늘도 카레빵이 참 맛있다.”
오늘도 훌륭하게 무시당한 유키.

수업이 끝난 후 유키는 현관 앞에 놓여 있는 벤치에 앉았다.
그리고 핸드폰을 꺼내 메시지를 보냈다.
『수업 끝났어. 지금 현관에 있어.』
바로 코토리에게서 답장이 왔다.
『저도 이제 곧 끝나요.』
간결한 메시지다. 이모티콘 같은 건 일절 없다.
얼마 전까지 휴대전화를 갖고 있지 않았던 코토리에게 메시지 앱은 그저 연락 수단에 불과했다.

『알았어.』

유키도 딱히 SNS를 이용해 수다를 떠는 타입의 인간이 아니었기에 심플한 답변이 이어졌다.

현관 앞 벤치에 앉아 참고서를 펼쳤다. 손에 들고 있는 것은 3학년 때나 하는 범위였지만, 유키는 이미 여러 번 통독한 상태였다.

'수열은 푸는 게 꽤 재밌단 말이지.'

그런 생각을 하면서 머릿속으로 문제를 풀어가는 유키.

참고로 그것을 오타니에게 말했더니 "나는…… Σ(시그마)를 보기만 해도 토할 것 같아"라고 말했었다. 전생에 부모가 시그마에게 살해라도 당한 것이 아닐까 싶을 정도로 증오가 가득 담긴 눈이었다.

잠시 그대로 참고서를 읽고 있는데.

"……유키 씨."

"아."

어느새 코토리가 눈앞에 서 있었다.

아침에도 봤지만 유키의 학교 교복은 무척 잘 어울렸다. 저번 아가씨 학교의 교복은 검은색을 바탕으로 한 차분하고 기품 있는 느낌이었지. 그것도 코토리의 이미지와 딱 어울렸지만, 지금 입고 있는 전통적인 남색 블레이저도 발랄한 느낌이 들어 아주 좋았다.

유키는 벤치에서 일어나 코토리에게 말했다.

"좋아, 돌아갈까?"

"네."

유키는 참고서를 가방에 넣고 코토리와 나란히 걷기 시작했다.

"그래서 반은 어땠어?"

유키가 지나가듯 그렇게 물었다.

"……으음."

코토리는 잠시 틈을 두더니 웃는 얼굴로 말했다.

"네, 모두 좋은 분들이었어요."

"……그렇구나."

코토리가 자신의 머리카락을 만지작거렸다.

그러니까 뭐, 그런 것이다.

"저기, 오늘 알바는 좀 늦게 시작하거든. 모처럼이니까 오늘은 외식하지 않을래? 내가 살게."

"네? 네."

코토리는 의아함이 담긴 얼굴로 그렇게 말했다.

밥을 사겠다고 하긴 했지만 그렇다고 고교생 유키에게 세련된 고급 프렌치 레스토랑에서 식사를 대접할 만한 경제력은 없었다. 두 사람은 인근 패밀리 레스토랑에서 저녁 데이트를 하게 되었다.

"난 이 해물 덮밥 정식으로 할래. 코토리는?"

"음, 그럼 저는 이걸로."

코토리의 가느다란 손가락이 닿은 곳은 핫케이크 세트였다.

"늘 그거네. 정말 괜찮아? 저녁밥을 그걸로 해도……."

"네, 이게 좋아요."

점원은 유키 일행에게 주문을 듣고 카운터 쪽으로 돌아갔다.

"의사가 되면 이럴 때 좀 더 비싼 곳에 데려다줄 수 있을까?"

"아뇨……. 저는 여기로 충분해요, 유키 씨."

코토리가 당치도 않다는 듯 손을 내저었다.

뭐, 이런 아이다. 만났을 때보다는 많이 나아졌지만 다른 사람에게 뭔가를 받는 것이 서투르다는 점엔 변함이 없었다.

"……그래도."

하지만 이번에 코토리는 무언가 생각하듯 고개를 숙이더니, 다시 고개를 들어 말했다.

"모처럼이니까 기대하고 있을게요."

그러고는 환하게 웃는다.

응, 그래도 남을 의지할 수도 있게 되었네.

아직 나나 친한 사람에 한해서지만.

"……그래서 코토리. 무슨 일 있었어?"

"네……?"

유키의 말에 코토리가 놀란 얼굴로 눈을 떴다.
"내 기분 탓이라면 다행이지만, 뭔가 고민이 있는 것 같아서."
"……."
코토리가 눈을 조금 크게 뜨더니 이윽고 숨을 내쉬며 말했다.
"유키 씨는 늘 꿰뚫어 보시네요."
"응, 늘 코토리에 대해 생각하고 있으니까."
"그, 그런가요……."
얼굴을 붉히는 코토리.
……그렇게 기뻐하면 나까지 얼굴이 뜨거워지는데.
"그래도 정말 별거 아니에요. 유키 씨한테까지 번거롭게 상의할 일은……."
유키는 코토리의 손에 자신의 손을 포개었다.
"그때 말했잖아. 그렇게 미안해하는 마음은 이제 무시하기로 했다고."
"……."
그리고 코토리의 눈을 똑바로 바라보며 말했다.
"나는 내가 원해서 도움이 되고 싶은 거야. 그러니까 얘기해주지 않을래?"
"……."
잠시 침묵이 흘렀지만 유키의 손이 부드러운 감촉에 휩싸였다.

코토리가 유키의 손을 맞잡은 것이다.
"감사합니다……. 그럼 잠시 들어주시겠어요?"
"응, 얼마든지 얘기해 줘."
"네, 그렇지만 정말 거창한 건 아니에요. 반 친구들도 다들 상냥하게 맞이해줬고요."
그런 말을 시작으로 코토리가 오늘 있었던 일을 이야기했다.
아침 HR 시간에 반 친구들 앞에서 인사했을 때는 별문제가 없었단다.
오히려 시즌이 아닌 시기에 전학생이 와서 반 아이들이 모두 들떴다고 했다(코토리가 엄청난 미소녀라서겠지만, 그 부분에 대해서는 나중에 물어보기로 했다).
다들 코토리에게 수업의 진행 상황 등을 친절하게 알려줬고, 빈 시간에 신경 써서 말을 걸어주는 사람도 많았던 것 같다. 옛날 같으면 몰라도 지금의 코토리는 인상도 온화하고 대답도 예의 바르고 잘 들어준다. 금세 반 친구들에게 흡수되어 간 모양이다.
하지만.
오전 중 마지막 수업에서 문제가 발생했다.
4교시 수업은 체육이었다. 당연히 운동을 위한 체육복으로 갈아입어야 하는데…….
"아아, 그렇구나."
유키는 거기까지 듣고 납득했다.

"그렇지. 흉터를 보여주지 않고 갈아입기는 어려우니까."

"……네."

반 여자애들이 코토리의 몸을 보고 어떻게 생각했을까?

고등학생이 되면, 특히 운동계 동아리에 들어간 아이라면 큰 부상이나 그에 따른 흉터 한 둘 정도는 본 적이 있을 것이다.

그러나 코토리의 그것은 그런 차원의 것이 아니다.

생생하게 온몸에 새겨진 멍과 흉터. 더는 새로운 상처를 입을 일은 없다. 그렇지만 어린 시절부터 오랜 세월에 걸쳐 아물어가는 상처 위로 수없이 덧입혀진 흉터는 한 달 정도 지났다고 해서 사라지지 않았다. 아마 평생 남는 것도 있을 것이다.

평범하게 살아온 반 여학생들이 본래라면 접할 수 없는, 진짜 폭력의 흔적이다.

그리고 당연하게도 다른 곳에서 갈아입고 있던 남자애들에게도 그 이야기가 전해졌다고 한다.

상냥한 미소녀 전학생은 눈 깜짝할 사이에 '정체를 알 수 없는 존재'로 변해 버린 것이다.

다행스럽게도 무시당하거나 매너 없는 말을 듣는 일은 없었던 것 같지만…….

"뭐, 그러게. 좀 묘한 분위기가 됐겠다."

"네, 다들 저랑 어떤 식으로 이야기해야 할지 가늠하기 어려워하는 것 같아요……. 가능하다면 반 친구들과는 사이좋게 지내고 싶은데, 제가 무리하게 이야기를 해도 곤란해할 것 같고……."

그렇게 말하며 고개를 숙이는 코토리.

'역시 코토리는 상대를 지나치게 생각하는 부분이 있구나.'

유키는 그렇게 생각했다.

신경 쓸 필요 없다. 당당하게 행동하면 머지않아 모두 잊는다……, 그런 소릴 해도 의미는 없겠지. 신경 쓰이는 일은 신경이 쓰일 수밖에 없다. 그렇게 상대방을 배려해주는 점 자체는 코토리의 장점이었다.

그래서 유키는 가능한 한 부드러운 목소리로 말했다.

"그래…… 많이는 아니라도 좋으니까 정말 친한 친구가 생겼으면 좋겠다. 코토리는 민폐를 끼치면 어쩌나 고민하는 타입이지만, 사실 누구든 용기 내서 말을 걸어주면 기쁘거든."

"그럴까요……."

"응, 코토리 같은 귀여운 애라면 더더욱. 아, 하지만 가능하면 남자애랑은…… 아니, 아무것도 아니야."

유키의 말에 코토리가 갸우뚱했다.

"남자애랑은…… 뭔가요?"

"그, 뭐냐. 딱히 얘기하지 말라는 건 아닌데. 남자애들이 괜히 건드리진 않을까 걱정돼서…… 아니, 이건 잊어줘."

"……후후."

코토리가 조금 소리 내어 웃었다.

"질투해 주신 건가요?"

"……아니, 정말 잊어줘."

"유키 씨는 귀엽네요."

코토리가 생글생글 웃었다.

"……끄응."

굉장히 부끄럽다……. 하지만 코토리의 가는 손가락이 머리를 쓰다듬는 감촉이 기분 좋아 떼어내고 싶진 않았다. 그런 착잡한 심정을 느끼는 유키였다.

◇

다음 날.

학교 안에 차임벨이 울렸다. 점심시간의 시작을 알리는 신호다.

시미즈 코토리는 1학년 3반 교실에서 홀로 자기 자리에 앉은 채 주위의 모습을 바라보았다.

교사가 수업을 마침과 동시에 식당으로 뛰쳐나가거나 친구가 있는 자리로 이동하는 등 제각각 행동하는 반 아이들.

너도나도 즐거워 보이는, 흔한 학교의 풍경이다.

그래서 더더욱 자신 같은 인간이 그들과 엮여도 되는 걸까 하는 생각이 들고 만다.

적어도 자신이 정상적인 성장 방식을 밟아오지 않았다는 것은 알고 있다. 물론 원인인 아버지를 원망하느냐 하면 더는 그런 마음은 없다. 오히려 그렇게 되어버린 원인이 자신에게도 얽혔다는 생각에 원망보다는 측은함이나 슬픈 마음이 더 컸다.

그래도, 이렇게 누구와도 얘기하지 못하고 완전히 혼자 있는 건 조금 괴로웠다. 예전 학교에 있을 때는 당연한 일이었는데, 유키를 만난 이후로는 혼자라는 것의 외로움을 알아 버렸다.

'어…… 저 사람은?'

그때. 코토리는 자신과 마찬가지로 혼자 자신의 자리에서 도시락을 펼친 여학생에게 시선을 보냈다.

아마 요시다라는 이름으로, 반짝반짝한 인상을 가진 아이였다.

날씬한 모델 같은 체형에 탐스럽게 말린 부드러운 금발. 이목구비도 선명하다. 속눈썹은 마스카라로 깔끔하게 다듬어져 있고 손톱에는 붉은색 매니큐어를 얇게 칠했는지 예쁜 손끝이 매끄럽게 물들어 있다. 차분한 외모가 많은 이 학교에서 눈에 띌 정도로 화장과 장식에 신경을 쓴 아이였다.

물론 촌스럽다거나 지나치게 화려하다는 인상은 아니다. 한마디로 말해 세련된 멋을 온몸에서 뿜어내고 있는 아이였다.

듣기로는 잡지인가 어딘가에서 모델을 하고 있다고 했지. 확실히 이런 아이가 표지를 장식하고 있다면 눈에 띌 것이다. 코토리는 그런 생각을 했다.

하지만 지금 그런 요시다에게 뜻밖의 사태가 발생했다.

'저 양말, 뭔가 잘못 신은 것 같은데…….'

오른쪽은 심플한 검은색 양말인데 왼쪽은 하얗고 폭신해 보이는 양말이었다

아니, 어쩌면 그런 패션일 수도 있겠지만, 다른 곳은 그다지 패션을 잘 모르는 코토리가 보기에도 무척 세련됐다는 느낌인데 그 부분만 이질적으로 붕 떠 있었다.

코토리는 주위를 둘러보았다. 아무래도 눈치채고 있는 학생이 그 밖에도 있는지 힐끔힐끔 요시다의 발쪽으로 시선을 보내는 아이들이 있었다.

하지만 어째서인지 아무도 요시다에게 그 사실을 말해주지 않았다.

'……알려주는 편이 좋겠죠.'

코토리는 자리에서 일어나 요시다 곁으로 갔다.

"……저기, 요시다 씨."

"응? 전학생이구나. 무슨 일?"

쌀쌀맞은 목소리였다.

쓸데없는 참견이라면 어쩌지?

그런 생각이 머리를 스쳤지만, 그녀처럼 겉모습을 예쁘게 가꾸는 사람이라면 자신이 모르는 곳에서 남들에게 이

상한 모습을 계속 보이는 것은 원치 않을 것이다.

코토리는 주위에 들리지 않도록 작은 소리로 말했다.

'저기, 양말…….'

"양말……? 아, 헉! 어떡해!"

아무래도 정말 잘못 신고 온 게 맞나 보다. 그건 그렇고 놀란 목소리가 생각보다 높고 귀여웠다.

요시다가 이마에 손을 얹으며 말했다.

"아아, 나도 참. 이런 실수를 하다니. 오늘 눈썹이 너무 예쁘게 그려져서 괜히 더 들떴었나 봐."

"저, 괜찮다면 이거 쓰실래요?"

그렇게 말하며 코토리가 꺼낸 것은 비를 맞았을 때를 대비해 사물함에 넣어둔 여분의 양말이었다.

"……정말?! 고마워~."

요시다는 그렇게 말하며 함박웃음을 지었다.

……뭐랄까, 생각보다는 텐션이 높은 사람이었다.

"아니, 진짜 살았어. 나는 딱히 반에서 말하는 사람도 없었거든."

"그런가요?"

그러고 보니 요시다가 누군가와 사이좋게 이야기하는 것을 별로 본 적이 없는 것 같다고 코토리는 생각했다.

어른스러운 분위기나 너무 완벽한 느낌이 드는 외모 때문에 다가가기 힘든 느낌인 건 맞다. 코토리도 왠지 모르게 산꼭대기에 핀 고고한 꽃 같은 인상을 받았으니까.

'어? 그렇다면…….'

함께 밥을 먹어도 괜찮은 걸까?

그거야말로 어쩌면 쓸데없는 참견인지도 모른다. 혼자 있는 걸 좋아할 수도 있다.

하지만.

코토리는 유키의 말을 떠올렸다.

『그래…… 많이는 아니라도 좋으니까 정말 친한 친구가 생겼으면 좋겠다. 코토리는 민폐를 끼치면 어쩌나 고민하는 타입이지만, 사실 누구든 용기 내서 말을 걸어주면 기쁘거든.』

……그랬지.

용기를 내자. 어쩌면 기뻐해 줄지도 모르잖아.

"저…… 요시다 씨."

"왜, 전학생?"

"저기, 그……."

코토리는 잠시 머뭇거리다가 이윽고 꽉 자신의 손을 움켜쥐고 말했다.

"같이…… 식사해도 될까요?"

코토리가 조심스레 요시다의 얼굴을 살폈다.

'……유키 씨, 실패한 것 같아요.'

요시다는 그 단정한 얼굴에서 표정을 지운 채 말없이 이쪽을 바라보고 있었다.

화가 난 걸까? 거절할 이유를 생각하고 있는 걸까?

"……저기, 죄송해요. 방금 말은……."

"……한 번 더 말해줘."

"네?"

"한 번 더 말해줘."

요시다가 어조를 높여 그렇게 말해왔다. 눈부시고 당당한 얼굴로 그런 말을 하니 상당한 박력이 느껴졌다.

"아, 네. 저기, 괜찮으시면 저랑 같이 식사하실래요?"

"……훌쩍."

"?!"

어째서인지 갑자기 울기 시작한 요시다.

"흑, 나에게도 드디어…… 끅."

"저, 저기 죄송해요. 제가 뭐 실례되는 짓이라도 했나요?"

"……아니야, 훌쩍."

들어 보니 요시다는 사정이 있어 1년 유급했는데, 연상인 데다 주위에서 보기에 어른스러운 모습이라 모두 거리를 두고 있었다고 한다. 요시다는 평범하게 동급생으로서 사이좋게 지내고 싶었는데, 어느샌가 '반에 한 명 있는 선배' 취급을 받고 있었다고.

그러던 와중 요시다가 소속된 사무소가 폭력단과 연결되어 있고 그 간부가 요시다와 친한 사이라는 등 묘한 소문이 퍼지기 시작하면서 마침내 누구도 말을 걸어오지 않게 되었다는 모양이다.

"……1학년 때도 일이 바빠서 친구가 없었으니까…… 드디어 나도 점심시간에 반 애들이랑 점심을 먹을 수 있다고 생각하니까…… 흐에에엥.”

“아, 아하하하…….”

예상보다 기뻐해줘서 다행이긴 했지만, 너무 기뻐하는 모습에 결국 난처한 표정을 짓는 코토리였다.

◇

“……코토리 녀석. 오늘은 별일 없었나?”

저녁, 아르바이트에서 돌아오는 길에 유키는 그런 말을 중얼거렸다.

오늘 유키는 일부러 수업이 끝난 직후 바로 아르바이트를 하러 가서 코토리와는 함께 돌아가지 않았다.

매일 함께 돌아가고 싶은 마음은 굴뚝같지만, 유키와 함께 돌아가느라 앞으로 생길 친구들과 방과 후에 친분을 쌓을 수 있는 기회마저 사라지는 것은 원치 않는다.

어쩌면 코토리는 불안할지도 모르겠지만, 여기선 애써 마음을 독하게 먹었다.

코토리는 유키와 만나기 전까지 부모에 대한 죄책감에 사로잡혀 모두가 당연하게 해오던 일을 해오지 못했다. 그래서 더더욱 자신을 위해 행동하고, 그녀 자신의 세계를 넓혀가길 바라는 마음이었다.

그렇게 굳이 내치는 듯한 짓을 해버린 유키였지만, 그렇다고 그녀가 걱정되지 않느냐고 한다면…….

'어어어엄청나게 걱정돼!!'

솔직히 아르바이트 중에도 코토리를 생각하느라 제대로 일을 하지 못했을 정도다.

코토리가 심지가 강한 아이라는 것은 유키가 누구보다 잘 알고 있었다. 그 부분에 대해서는 신뢰하지만 그래도 걱정되는 것은 걱정되는 것이다.

애초에 유키와 모처럼 같은 학교에 다니고 있으니 마음 같아서는 점심시간에도 코토리를 만나러 가서 함께 도시락을 먹고 싶고 매일 함께 돌아가고 싶었다.

'아, 이런. 여기선 참는 거다, 유키 유스케…….'

자신이 부모 대신 코토리를 속박하는 사람이 되면 아무런 의미가 없다. 적어도 코토리가 반에 적응하기 위한 시간은 빼앗지 않고 싶었다.

'……뭐, 침울해하고 있으면 잔뜩 위로나 해주자.'

그런 생각을 하는 와중 아파트 앞에 도착했다.

언제나처럼 계단을 올라 자신의 집 문을 열었다.

"다녀왔어, 코토리."

평소에는 코토리가 유키에게 먼저 "어서 오세요"라고 말하면 유키가 "다녀왔어"라고 말하는데, 코토리가 보고 싶었던 나머지 먼저 코토리의 이름을 불러 버렸다.

유키의 목소리가 들린 것인지 작게 달려오는 소리와 함께 코토리가 현관에 나타났다.

"어서 오세요. 유키 씨."

"……."

코토리는 웃는 얼굴이었다.

게다가 어제처럼 무리해서 짓는 미소가 아니라, 진심으로 환한 미소를 짓고 있었다.

……그래, 해냈구나, 코토리.

"코토리, 반 친구는 좋은 사람이었어?"

코토리는 잠시 유키의 말뜻을 바로 알아듣지 못해 고개를 갸우뚱했다.

그러나 곧 이해하고는 환한 얼굴로 고개를 끄덕였다.

"네. 멋지고 사랑스러운 분이었어요."

드물게 발랄한 목소리로 그렇게 말하는 코토리.

"……그렇구나."

그렇게 기뻐하는 모습이 사랑스러워 유키는 무심코 코토리를 껴안았다.

연약하고 부드럽다. 하지만 따뜻한 체온이 팔 안에서 느껴졌다.

코토리는 갑작스러운 상황에 놀랐는지 반사적으로 움찔 몸을 굳혔다.

"……가, 갑자기 무슨 일인가요, 유키 씨?"

"애썼구나. 코토리……."

"……."

코토리는 천천히 몸의 힘을 빼더니 유키의 가슴에 얼굴

을 파묻었다.

"네……. 용기를 내봤어요."

"……응. 역시 내 여자친구야."

"저를 늘 생각해주는 남자친구 덕분이에요……."

유키가 코토리의 머리를 쓰다듬었다. 변함없이 기분 좋은 촉감이다.

조용한 시간이 두 사람 사이로 흘렀다. 들리는 것은 바깥쪽으로 차가 지나가는 소리뿐.

그대로 한동안 두 사람은 서로의 체온을 나눴다.

그때.

"……문 계속 열려 있는데."

"어?"

느닷없이 유키의 등 뒤에서 목소리가 들려왔다.

뒤를 보니 초등학생 정도의 금발 벽안을 가진 여자아이가 열린 문 앞에 서서 이쪽을 보고 있었다.

전에 일을 마치고 돌아왔을 때 현관 앞에서 본 옆옆집에 사는 소녀였다.

"아, 저기."

뭐라고 해야 하나 고민하는 유키를 향해 여자아이가 말했다.

"……열어둔 채로 있으면 위험…… 해."

"아, 네. 감사해요."

코토리가 그렇게 말하자 소녀는 고개를 끄덕이며 문을

닫아주었다.

쿵, 하는 소리와 함께 다시 현관에 정적이 돌아왔다.

"……."

"……."

유키와 코토리는 누가 먼저랄 것 없이 서로에게서 떨어졌다.

"보, 보였네요……."

"그러게……."

코토리는 걱정이 될 정도로 얼굴이 새빨갰다. 분명 유키 역시 거의 비슷할 것이다.

어쩌면 지금까지 중 가장 창피한 순간이 아니었을까 하는 생각이 든 유키였다.

제2화 유키와 코토리와 옆집 여자아이

다음 날 방과 후.

유키는 이틀 전과 마찬가지로 학교 현관 앞 벤치에 앉아 코토리를 기다리고 있었다.

역시 지난번과 마찬가지로 참고서를 펼치고 있었지만, 그 마음속은 그때와는 전혀 달랐다.

왜냐…….

'오랜만에 쉬는 날이니까!'

오늘은 오랜만에 일을 넣지 않았다.

기본적으로 주말에도 일을 하고 있는 데다 매일 공부도 거르지 않는 유키에게 있어서 귀중한 하루였다.

물론 공부만큼은 오늘도 하겠지만 그것도 일찍 끝내고 코토리와 느긋하게 지낼 생각이다.

유키는 어디론가 놀러 가는 것도 좋았지만 코토리는 굳이 따지자면 집에 있는 것을 더 선호했다. 덕분에 함께 게임 같은 것을 하면서 느긋하게 보내는 경우가 많았다.

그럼 평소와 다를 바가 없지 않냐고? 바쁜 유키에게 있어 하루 중 코토리와 함께 푹 쉴 수 있는 시간은 아침 식사 때와 저녁 식사 때, 그리고 자기 전 잠깐의 시간 정도다. 합쳐봐야 두 시간이 조금 넘을까.

그러던 것이 오늘은 지금부터 자기 전까지 6시간 정도를 함께 있을 수 있는 것이다.

'즉 평소의 세 배로 코토리를 충전할 수 있다는 뜻이고, 인생의 행복지수는 열 배 이상 치솟는다는 계산이 나오지!'

의미 불명의 계산 결과를 도출해낸 유키의 뇌세포. 이 뇌세포가 지난 전국 모의고사 수학에서 만점을 받았으니 사람 일은 참 알 수 없다.

"아, 왔어?"

엊그제와 마찬가지로 코토리가 학교 현관에서 나왔다.

'어? 옆에 있는 건…….'

낯선 얼굴이다.

염색 머리를 한, 약간 화려한 외모의 여자아이.

화려한 외모의 여자아이는 유키 쪽을 힐끔 보고는 "그럼 난 가볼게" 하는 한마디를 남기고 손을 흔들며 그 자리를 떠났다.

코토리도 "조심히 가세요"라며 손을 흔들어주고는 유키 앞으로 다가왔다.

"수업 듣느라 수고했어. 코토리."

"네, 유키 씨도 수고 많으셨어요."

"아까 그 애는?"

"네, 반 친구인 요시다 사유리 씨예요."

"……그렇구나."

코토리가 그때 얘기했던 친구가 아마 요시다인 거겠지.
귀여운 사람이라고 들었는데 막상 보니 예상 밖이었다. 유키에겐 그다지 익숙하지 않은 반짝반짝한 외형에 더해 날카롭고 강한 이목구비는 다가가기 어려운 느낌마저 풍기고 있었다.
그런 생각을 하며 요시다 쪽을 보자.
"……(붕붕)."
한참 떨어진 곳에서 아직도 코토리 쪽을 향해 손을 흔들고 있었다.
"……코토리, 저기."
"네? 이런. 후후, 요시다 씨도 참."
코토리도 기쁜 얼굴로 웃으며 손을 흔들었다.
그러자 요시다는 조금 전까지의 차가운 표정은 온데간데없이 사라지고 흐물흐물 풀어진 얼굴로 미소 짓더니 만족스럽게 통통 걸어 교문을 나섰다.
'……응. 뭐, 확실히 사랑스러운 아이는 맞네.'
그보단 외형과의 갭이 너무 심해 살짝 맥이 빠질 정도였다.
어쨌든 위험한 양아치는 아닌 것 같다며 안심하는 유키.
"……좋아, 코토리, 돌아갈까? 모처럼의 휴일이니까 빨리 돌아가서 여유롭게 보내자!"
"기뻐 보이시네요, 유키 씨."
"응, 오늘 하루는 코토리랑 계속 같이 있을 수 있다고 생각하니까 그만. 너무 기대돼서."

"그, 그런가요……."

훅 빨개지는 코토리.

역시 호의는 직설적으로 전달하는 것이 제일이다. 160킬로미터의 스트레이트를 확실하게 던질 수 있다면 현란한 변화구 같은 것은 필요 없다.

그런데 그때.

꼬옥, 부드러운 감촉이 유키의 손을 감싸왔다.

코토리가 그 작은 손으로 유키의 손을 잡아온 것이다.

"오늘은 계속 이러고 있을까요, 유키 씨."

그렇게 말하며 얼굴을 붉힌 채 웃는 코토리.

"……으, 응."

그 귀여운 미소와 손바닥을 통해 전해지는 따뜻함에, 유키는 심장 소리가 바로 옆에서 들릴 정도로 두근거리고 말았다.

◇

"어?"

"왜 그러세요. 유키 씨?"

코토리와 손을 잡은 채 걸던 유키는 곧 자신들이 살고 있는 아파트에 도착했다. 그때 코토리 옆집 현관 앞에 한 소녀가 앉아 있는 것이 눈에 들어왔다.

"저 애, 어제 그 애 맞지?"

어제 유키와 코토리가 현관에서 서로 껴안고 있는 것을 목격한 소녀였다.

고개를 숙인 채 스마트폰을 만지는 중이다. 입고 있는 것은 동네 아가씨 학교, 코토리가 전에 다니던 학교의 초등부 옷이었다.

"그러게요. 최근에 이사 온 아이예요."

"그래?"

"네, 저는 몇 번 인사한 적 있어요. 그러고 보니 이사는 유키 씨가 일하는 사이에 다 끝났어요."

"아, 그랬구나."

게다가 유키는 평소 평일 주말 할 것 없이 아침 일찍 나가 밤늦게 돌아오고 있었다. 지금까지 한 번도 얼굴을 마주친 적이 없어도 이상한 일은 아니었다.

그런 것보다도.

"저기, 저 애. 집에 못 들어가는 거 아니야?"

계절은 여름이지만 오늘은 조금 쌀쌀했다. 굳이 집 문 앞에 앉아 있는 이유를 알 수 없었다.

"무슨 일인지 묻고 싶긴 한데…… 요즘 세상에 어린 여자애한테 말을 거는 건 좀 안 내키네."

"저를 집에 들이셨으면서 그런 말을 하시네요."

코토리가 장난 섞인 어조로 그렇게 말했다.

"그건, 할 말이 없네."

참고로 그 사건 이후 조사해보고 알게 된 것인데, 미성년자 간에도 보호자의 허가 없이 미성년자를 집에 재우는 것은 유괴에 해당하는 경우가 있다고 한다.

육체나 생명의 위기를 회피하기 위해서라면 인정된다고 하긴 하는데, 흉터투성이로 뛰어내리려던 코토리의 경우는 어떻게 될지 미묘한 부분이었다. 어쨌든 상당히 위험한 다리를 건너왔구나 하는 생각에 심장이 절로 오싹해졌다.

그런 생각을 하는 사이 코토리는 소녀에게 다가가 쪼그리고 앉더니 눈높이를 맞췄다.

“이름이 뭔가요?”

소녀가 천천히 스마트폰에서 고개를 들었다.

유키가 이 소녀를 본 것은 세 번째. 그 외모를 한마디로 표현하자면 무서울 정도로 아름다웠다.

무표정하지만 눈꼬리는 약간 치켜 올라가 있고, 입매는 앙다물려 있어 의지가 강하다는 느낌을 주었다. 속눈썹은 길고 콧날은 오뚝하다. 짧은 머리의 선명한 금발은 결이 좋았고 오른쪽 눈 밑에 있는 눈물점이 인상적이었다.

그런 얼굴의 부품들이 모두 완벽하다고 해도 좋을 만큼 아름답고 동시에 사랑스럽게 자리하고 있었다.

‘뭐라고 말하면 좋을까……. 그래, 애니메이션이나 만화 캐릭터 같아.’

동화나 판타지 같은 픽션 세계에 나오는 금발 공주가 현실 세계로 튀어나온 것 같은, 그런 비현실적인 분위기마저 감도는 소녀였다.

소녀가 빤히 코토리의 얼굴을 바라보았다.

코토리는 그런 소녀에게 상냥하게 미소 지었다.

"……."

"……."

잠시의 침묵.

이윽고 소녀가 중얼거리는 듯한 목소리로 자신의 이름을 밝혔다.

"……유이, 호리이 유이."

"아까부터 현관 앞에 계속 있는데 무슨 일 있어요?"

"……열쇠, 잃어버렸어."

역시나, 하고 유키는 코토리와 얼굴을 마주 보았다.

유키가 물었다.

"아빠나 엄마한테 연락은?"

"……."

천천히 고개를 젓는 호리이 유이.

손에 스마트폰을 들고 있으니 연락을 못 하는 건 아닐 텐데…….

생각나는 것은 코토리와 만났을 때의 일이었다.

그때도 유키가 부모님께 연락을 취하려고 하자 코토리가 하지 말라며 말렸었다.

이 아이도 무슨 사정이 있는 걸까.

"괜찮아. 신경 쓰지 마……."

호리이 유이는 중얼거리는 목소리로 그렇게 말하고는 두 사람에게 흥미가 사라진 듯 액정 화면으로 시선을 돌렸다.

"그래도."

어린 나이의 아이가 계속 밖에 혼자 있는 것을 보면 누구라도 걱정할 것이다.

그렇다고 스마트폰을 빼앗아서 강제로 부모에게 연락할 수도 없고, 경찰을 부르는 것도 좀 과한 것 같았다.

"……그렇군요."

코토리는 작게 그렇게 중얼거리더니 조심스레 호리이 유이 옆에 앉았다.

"그럼 저도 잠시 여기 있어도 될까요?"

소녀가 다시 스마트폰에서 고개를 들고 의아한 표정을 지었다.

"……왜?"

"그렇게 하고 싶어서요. 폐가 될까요?"

"……."

소녀는 말없이 고개를 저었다.

코토리는 그 모습을 보고 기쁜 목소리로 말했다.

"감사합니다. 호리이 씨."

"……유이, 유이라고 불러."

"네, 저는 시미즈 코토리라고 해요. 잘 부탁해요, 유이 양."

"……."

소녀는 말없이 고개를 끄덕이더니 다시 스마트폰을 만

지기 시작했다.

유키가 작은 목소리로 코토리에게 귓속말을 했다.

'이봐, 코토리. 이제 어쩔 생각이야……?'

'모르겠어요. 모르겠는데…… 왠지 함께 있어주는 편이 좋을 것 같아서요.'

유이 쪽을 보며 그런 말을 하는 코토리.

'……뭐, 그건 그렇긴 한데.'

어찌 되었든 본인이 연락할 필요가 없다고 한다. 위험하다고 해서 유키네 집에 들이는 것 또한 유이의 부모의 대응에 따라서는 불필요한 분란의 원인이 될 수도 있었다. 그렇다면 코토리의 말처럼 단순히 곁에 있어주는 것은 좋은 선택지라고 할 수 있었다.

그렇지만…….

'……모처럼 코토리와 단둘이 보내는 귀한 휴일이…….'

"왜 그러세요? 유키 씨."

"아니…… 아무것도 아니야."

유키는 그렇게 말하고 털썩 코토리 옆에 앉았다.

"……안 그래도 돼."

유이는 액정에 시선을 향한 채 그렇게 말했다.

"그럴 순 없어. 여자애 둘만 있으면 여러모로 위험하니까……."

뭐, 코토리와 둘이서 보내는 시간이 조금 짧아지는 정도는 참아야겠다.

◇

"벌써 시간이 이렇게 됐네……."

읽고 있던 참고서를 접고 스마트폰의 시계를 본 유키가 그렇게 중얼거렸다.

셋이서 현관 앞에 주저앉은 상태로, 그대로 아무런 변화도 없이 시간이 흘러 주위는 이미 어둑해져 있었다.

"……."

시선을 옆으로 향하자 유이는 잠자코 스마트폰만 계속 만지고 있다.

코토리는 유이 옆에서 책을 읽으며 이따금 유이 쪽을 바라보았다.

'상당히 신경 쓰이나 보네.'

아이를 좋아하는 걸까?

"……아, 좀 쌀쌀해졌네."

아직 여름 날씨가 남아 있다고는 하지만 밤은 쌀쌀하다.

유키는 일어서며 말했다.

"잠깐 겉옷 좀 가져올게. 유이가 입을 건 코토리 걸로도 괜찮을까?"

"네. 감사합니다."

유키가 자신의 집 현관문을 연 그때.

또각또각 아파트 계단을 오르는 소리가 들려왔다.

구두 굽이 철제 계단을 밟는 소리였다.

"왜 그런 데 앉아 계시는 거죠, 유이 님?"

나타난 것은 20대 중반 정도의 여성이었다.

가장 먼저 눈길을 끈 것은 그 표정이었다. 꾹 다물린 입매에 안경을 쓰고 약간 치켜 올라간 눈매. 순간 화가 난 게 아닌가 싶을 정도였다.

다만 아무리 봐도 키가 150센티미터가 채 안 될 정도로 작아서 위압감을 풍기는 것은 아니었고, 깔끔하게 정장을 몸을 두르고 있어 어쩐지 굉장히 성실해 보이는 인상이었다.

'유이 엄마…… 는 아닌가. 님이라고 불렀으니까. 그보다 님이라는 호칭으로 불리다니 이 녀석 뭐 하는 애지.'

유이는 핸드폰에서 고개를 들더니 딱 한 마디만을 뱉었다.

"……열쇠."

"그렇군요. 잃어버렸다는 말씀이시군요. 그렇다면 그렇다고 저나 사장님께 연락을 주셨으면 됐을 텐데."

"……괜찮아."

"하아, 여전하시네요, 유이 님은. 열쇠는 제가 맡아두었으니 열어드리겠습니다."

아무래도 해결된 것 같았다.

유키는 코토리와 얼굴을 마주 보고는 몸을 일으켰다.

부모는 아닌 것 같지만 돌봐주는 어른이 왔다면 유키 일행의 임무는 여기서 끝이다.

"그쪽의 두 분은?"

양복을 입은 여자는 방으로 들어가려던 유키 일행을 보고 그렇게 물었다.

"아, 잠시 유이랑 대화하고 있었습니다. 옆옆집에 사는 유키 유스케입니다. 이쪽은 옆집에 사는 시미즈 코토리예요."

"그렇군요……. 이거 실례했습니다. 저는 이 아이 어머님의 비서를 맡고 있는 효도라고 합니다. 늦었지만 사장님 대신 이사 인사를 드립니다. 유이 님을 포함해 앞으로 잘 부탁드립니다."

그렇게 말하며 깊이 고개를 숙인다.

그 모습을 본 코토리도 함께 고개를 숙였다.

뭐랄까, 아직 고등학생인 입장에서는 어른이 이렇게 정중한 태도를 보여주는 일이 거의 없기 때문에 오히려 송구스러웠다.

"그럼 다시 회사로 돌아가 봐야 해서, 실례하겠습니다."

효도는 그렇게 말하고 가방에서 열쇠를 꺼내 문을 열고 그 열쇠를 유이에게 건네주었다. 그러고는 다시 한번 인사를 한 뒤 발길을 돌려 그대로 아파트를 떠났다.

하나하나의 동작이 빠릿빠릿하고 군더더기가 없었다. 성격도 겉모습 그대로 성실할 것 같다는 느낌을 주는 사람이었다.

"……그럼."

유이도 그렇게 말하고는 방금 열쇠로 딴 문을 열고 현관

안으로 들어갔다.

"……."

"……."

남겨진 유키와 코토리는 잠시 침묵했다.

"효도 씨, 굉장히 날카로운 분이셨죠……."

다소 당황한 얼굴을 한 코토리가 그렇게 말했다. 코토리도 꽤 성실한 성격이지만, 어느 쪽인가 하면 예의 바르고 느긋한 느낌이다.

효도의 각 잡힌 군인 같은 움직임을 보고 조금 압도당한 것 같았다.

"……그보다 유이 엄마는 어디 회사 사장인가? 뭐, 어쨌든 유이가 집 안에 무사히 들어가서 다행이다. 우리도 이제 들어가자, 코토리."

유키는 그렇게 말하며 자신의 현관문에 손을 가져갔다.

"……아, 그건 그렇고."

유키가 문을 열며 말했다.

"결국 벌써 밤이네."

"그러게요. 완전히 어두워졌어요."

"……하아."

집안은 평소와 달리 아무도 없었으니 당연하지만 불도 켜져 있지 않아 어둡고 서늘했다.

지금의 유키의 심정을 나타내는 것 같았다.

"유키 씨, 뭔가 우울해 보이는데요?"

"아니, 아무것도 아니야."

모처럼의 휴일인데 코토리와 단둘이 보내는 시간이 줄어들어서 불만입니다, 라고 말하기엔 역시 너무 한심해서 말할 수 없었다.

시각은 21시, 이래서야 평소의 시간과 다르지 않다.

유키는 억울한 마음을 안고 문턱을 넘으려 했다.

"아, 잠시만요."

코토리가 유키 옆을 지나더니 먼저 현관으로 들어갔다.

"왜?"

"저, 유키 씨…… 잠시 문을 닫고, 조금 기다렸다가 평소처럼 들어오실 수 있을까요?"

"상관은 없는데."

"감사합니다. 매일의 즐거움이거든요."

"뭐가?"

신발을 벗고 집에 올라간 코토리가 유키에게 말했다.

"그럼 부탁드릴게요."

"어, 응."

유키는 시키는 대로 한 번 밖으로 나가 현관문을 닫았다.

"도대체 뭐지……?"

그런 의문을 가지면서도 그녀가 시키는 대로 조금 기다렸다.

"……이제 됐나?"

유키는 평소처럼 문을 열었다.

"어서 오세요. 유키 씨."

현관에 선 코토리가 그렇게 말하며 유키를 맞이했다.

"……."

그것은 여느 때와 같은 광경이었다.

불이 켜진 집. 사랑스러운 코토리의 목소리와 미소.

여느 때와 다름없이 유키의 마음을 단숨에 따뜻하게 만든다.

"역시 유키 씨에게 이렇게 어서 오라고 말하는 게 정말 좋아요."

그렇게 말한 코토리는 조금 수줍은 표정으로 뺨을 물들였다.

"……응."

응, 뭐 어때.

휴일의 일정이 조금 뜻대로 되지 않았을 뿐이잖아.

코토리가 이렇게 기뻐해 주는 것만으로도 정말이지 행복한 기분인걸.

"응. 다녀왔어, 코토리."

유키는 그렇게 말하며 여느 때처럼 따뜻한 공기로 가득 찬 집에 들어갔다.

◇

"그건 그렇고 유이 양, 귀여운 아이였죠."
유이와 현관 앞에서 보낸 다음 날.
평소처럼 둘이서 저녁을 먹고 있을 때 코토리가 그런 말을 했다.
참고로 오늘의 밥은 카레. 코토리의 요리 중에서도 유키가 특히 좋아하는 것 중 하나였다. 채소가 루에 완전히 스며들 때까지 끓여서 담백하면서도 매우 깊은 맛을 내는 훌륭한 요리다.
"응? 아아, 듣고 보니까 그렇긴 하네."
확실히 외모는 무척 아름답다고 할 수 있었다.
"코토리는 아이를 좋아해?"
"네, 유키 씨는 어린아이를 안 좋아하시나요?"
"음, 글쎄."
유키는 카레를 숟가락으로 뜨며 말했다.
"싫은 건 아니지만…… 정확히는 어떻게 대해야 할지 모르겠어."
숟가락으로 뜬 카레를 유키가 입에 넣었다.
카레와 라이스가 입 안에서 뒤섞이면서 달달하고 매콤한 맛이 퍼졌다.
"저한테 해주셨던 것처럼 상냥하게 대해주면 좋을 것 같아요."
"그런가?"
당장은 감이 오지 않는다는 것이 솔직한 감상이었다.

"뭐, 내 아이가 생기면 그런 말은 못 하겠지만 말야."

유키가 그런 말을 하자 코토리가 재밌다는 얼굴로 웃었다.

"후후, 유키 씨는 아이가 생기면 굉장한 자식 바보가 될 것 같아요."

"그런가? 음, 뭐, 그래도."

유키는 잠시 생각하는가 싶더니 중얼거리듯 입을 열었다.

"나는 내 아이만큼은 자유롭게 해주고 싶어……."

"……그렇군요. 유키 씨는 더 그렇겠죠."

그 말을 들은 코토리는 조금 복잡한 표정을 지었다.

일전 유키의 아버지에 대해서 이야기했기 때문에, 그가 무슨 생각을 하는지 짐작한 것 같았다.

"코토리는 어때? 어떻게 자랐으면 좋겠어?"

"저요? 글쎄요……."

코토리는 숟가락을 입에 대고 잠시 생각에 잠겼다.

그러더니 왼손으로 자신의 쇄골 아랫부분을 만졌다.

거기에 무엇이 있는지 유키는 알고 있었다. 옷으로 가려진 그곳은 피부가 조금 변색되어 있다. 코토리의 몸에 새겨진 과거의 증거였다.

"저는…… 행복한 아이로 자랐으면 좋겠어요."

상냥함과 후회, 기타 여러 감정이 담긴 목소리와 표정이었다.

"……행복한 아이라."

참으로 추상적인 이야기다.

하지만 빈말로도 행복하지 않은 시간을 보내온 코토리의 그 말에는 남다른 깊이와 울림이 있었다.

"그래, 그게 제일 중요하지."

"네, 저는 그것만으로도 충분해요."

"응."

코토리의 눈은 다정했다.

그 정도의 일이 있었는데도 누구도 원망하지 않고, 아마 지금 구치소에 있는 모든 일의 원흉마저 언젠가는 행복해지길 간절히 바라고 있을 것이다.

'너무 착하잖아. 정말로…….'

그런 코토리를 보고 있노라면 유키는 자신의 안에 어떤 사명감 같은 것이 솟구치는 것을 느꼈다.

'아직 난 아무것도 할 수 없는 아이지만.'

반드시…… 코토리와 우리 아이는 내가 행복하게 해주겠어.

꽤나 성급한 이야기지만…… 그렇게 하고 싶다고 진심으로 생각했다.

"아, 뭔가 처음으로 빨리 어른이 되고 싶다는 생각이 들었어……."

유키는 머리 뒤로 손을 잡고 침대 헤드에 기대며 그렇게 말했다.

“후후, 갑자기 또 무슨 일인가요?”

“아니, 아무것도 아니야. 응, 때가 되면 말할게.”

“?”

고개를 갸우뚱하는 코토리.

그래, 조만간 말하자.

자신에게 그 힘이 생겼을 때를 위해, 유키는 이 말을 아껴두기로 했다.

제3화 코토리와 유이

'……어?'

시미즈 코토리가 그것을 알아차린 것은 학교에서 돌아오는 길이었다.

여느 때처럼 일하러 가는 유키를 배웅하고 한발 앞서 아파트로 돌아왔을 때였다.

이틀 전 함께 지낸 유이와 때마침 마주친 것이다.

"안녕하세요, 유이 양."

"……."

유이는 조용히 고개를 끄덕이며 인사했다.

'정말 예쁜 아이예요.'

마치 그림책에서 나온 공주님 같았다.

다만 코토리가 신경 쓰인 부분은 거기가 아니었다.

유이의 손에 들린 것은 근처의 편의점 봉투. 시간대가 맞지 않는 유키와 달리 코토리는 최근 몇 번 유이가 집에 가는 것을 지켜보았는데, 반드시 그 손에는 편의점 봉투가 들려 있었다.

몇 번인가 나이 지긋한 가사도우미로 보이는 사람이 드나든 것은 봤지만 그저께의 모습을 보면 아마 가족이 집에 돌아오는 일은 거의 없는 것 같았다.

'좀 쓸쓸하네요.'

물론 신경 쓰지 않는 사람은 신경 쓰지 않을 것이다. 유이도 그런 타입일지도 모르지만, 적어도 코토리는 그렇게 생각했다.

그렇지. 우리 집에 불러보는 건 어떨까?

그저께 꽤 긴 시간을 함께 보낸 사이이다.

아니, 역시 지나친 참견이려나?

물론 코토리의 개인적인 느낌이지만, 어릴 적 원정으로 아버지가 집에 자주 오지 못했을 땐 어머니가 있었다고는 해도 좀 쓸쓸했다. 어린아이라는 것은 그런 것이 아닐까.

그러니 자신과 함께 지내면서 조금이라도 그런 외로움을 극복할 수 있다고 하면…….

"……? 볼일 없으면 갈게?"

잠시 생각에 잠겨 있던 코토리를 보고 유이가 그렇게 말했다.

"아, 저, 그러니까."

"……?"

유이가 고개를 살짝 갸우뚱했다.

"저기, 말이죠……."

코토리의 머릿속에 '폐가 되지 않을까?'라는 말이 빙글빙글 소용돌이쳤다.

이럴 때의 자신은 한심하다. 유키였다면 고민하지 않고 초대할 수 있었을 것이다.

유키가 생각나니 또 그의 말이 머릿속을 울렸다.

『용기 내서 말을 걸어주면 기쁘거든.』

'……그랬었죠.'

요시다 때도 그랬다. 민폐가 될 거라는 생각만 하면 아무것도 시작되지 않는다. 자신은 유키가 발을 들여준 덕분에 구원받았다.

그게 무척 기뻤다. 만약 쓸데없는 참견이라고 해도 나도 그렇게 누군가를 기쁘게 할 수만 있다면.

"저기, 유이 양."

이쪽의 눈을 보며 "왜?"라는 시선으로 물어오는 유이.

"저희 집에서 잠시 대화하지 않을래요?"

"……왜?"

"으음……."

설마 이유를 물을 줄은 몰랐다.

뭐라고 하면 좋을까. "네가 혼자 있으면 외로울까봐"라고 말할 수도 없고……. 아니, 남을 핑계 삼지 말고 이럴 땐 솔직하게 자신이 하고 싶은 것을 말하는 게 좋지 않을까.

"유이 양이랑 더 얘기해보고 싶어서요. 안 될까요?"

유이는 그런 코토리의 얼굴을 물끄러미 바라보았다.

이 아이는 이렇게 조용히 남의 눈을 응시하는 경우가 많다. 푸르고 예쁜 눈동자를 바라보고 있으면 왠지 많은 것들을 꿰뚫어 보고 있는 기분이 들었다.

"……응. 알았어."

"그, 그래요?"

안도하며 가슴을 쓸어내리는 코토리.

"잠깐만……."

유이는 그렇게 말하고는 스마트폰을 꺼내 아직 어른보다 짧은 손가락을 움직여 무언가 조작했다.

"……코토리."

유이가 자신의 스마트폰 화면을 보여주었다.

"어? 아, 네. 뭔가요, 유이 양?"

그저께 한 번 알려줬을 뿐인 자신의 이름을 기억하고 있다는 사실에 기뻐하며 코토리가 화면을 바라보았다.

"효도 씨가『잘 부탁드립니다』래."

화면에는 굉장히 딱딱한 업무 의뢰와 같은 문구가 적혀 있었다. 유이가 말했듯이 요점은 '귀찮으시겠지만 유이 님을 잘 부탁드립니다'라는 내용이었다.

이미지 그대로의 사람이구나 하고 다시금 생각했다.

"저야말로 잘 부탁해요. 유이 양."

"……응."

코토리는 그렇게 말하고 자기 집 문 열쇠를 열어 짐을 내려두고, 이번에는 스페어 열쇠로 유키의 집 문을 열었다.

"들어오세요. 유이 양."

유이는 말없이 고개를 끄덕이더니 유키의 집 안으로 들어갔다.

◇

'……그렇게 부른 것까진 좋았는데, 이제 어쩌죠?'

유이가 집에 오게 된 것까진 좋았지만 생각해 보면 자신은 자기 주도하에 이야기를 진행하는 것에 무척 약했다.

그리고 유이는 테이블에 앉아 묵묵히 편의점 햄버그 도시락을 먹고 있다.

코토리 역시 자신의 대화 성향을 고려하지 못했지만, 이 유이라는 아이에게 대화를 이끌어주길 기대하는 것도 어려워 보였다.

뭔가, 뭔가 이야기할 게 없을까…….

"……저기, 유이 양."

"왜?"

"냉장고에 남은 푸딩이 있는데 디저트로 먹을래요?"

"……단 거 잘 못 먹어."

"어, 아…… 그런가요? 으음."

전혀 생각도 못 했다. 자신을 포함해서 여자애들은, 특히 어린아이는 모두 단 음식을 좋아할 거라 생각했는데.

"그, 단걸 잘 못 먹는군요."

"……응."

"……."

"……(우물우물)."

"……."

"……(우물우물)."

'유키 씨, 도와주세요~!'

학대를 당해도 도움을 청하지 못했던 코토리는 이번만큼은 속으로 그렇게 외쳤다.

이런 일을 겪어보니 평소 대화에서 유키가 이야기를 매끄럽게 진행해주는 것이 얼마나 큰 역할이었는지를 절실히 깨달았다.

그러고 보니 최근 반에서 이야기하게 된 요시다도 먼저 나서서 이야기를 진행해 주는 편이었다.

자신은 그들에게 의지만 하고 있었다는 것을 절감했다.

그렇게 대화는 크게 활기를 띠지도 못한 채 유이는 밥을 다 먹었고 곧 스마트폰 게임을 실행했다.

'뭔가…… 뭔가 얘기할 만한 거…….'

그 후 두 시간가량 코토리는 집안일을 하면서 어떻게든 대화의 물꼬를 트기 위해 유이를 관찰했지만 결국 성공하지 못하고 시간만 지나고 말았다.

이윽고 유이가 스마트폰에서 고개를 들었다.

"……이제 돌아갈게."

그렇게 말하며 일어섰다.

"아, 네."

좀 더 이야기를…… 그렇게 말하려다가 삼켰다.

조금이고 뭐고, 애초에 대화다운 대화는 일절 못하지 않았는가.

코토리는 유이를 현관까지 배웅했다.

"유이 양…… 저기……."

"……미안해."

"어?"

"……나 대화하는 거 잘 못해."

유이는 신발을 신더니 발끝을 툭툭 땅에 대며 말했다.

"그렇지 않……."

"……즐겁게 이야기 못 해서 미안해."

그렇게 말하고 유이는 유키의 집을 나갔다.

"그나저나 동시에 월급을 올려줄 줄은 몰랐는데."

유키는 혼자 그런 말을 중얼거리며 밤길을 걸었다.

현재 유키가 하고 있는 일은 두 종류로 나뉜다. 하나는 이사업체, 다른 하나는 학교 근처에 있는 공장에서의 조립 작업이다.

둘 다 꽤 체력이 필요한 일이었다. 일을 선택할 때 '다른 시간엔 공부를 해야 하니까, 몸이 굳지 않을 만한 일을 하자'라는 생각에 고른 것이었다. 덕분에 오히려 땀 흘리며 스포츠를 하던 중학교 때보다 팔은 더 굵어졌을 정도다.

어쨌든 그런 이유로 날마다 땀 흘리며 일하고 있는 유키는 오늘, 양쪽 일에서 모두 월급 인상을 통보받았다. 매우 열정적이고 성실하게 일에 임해준다는 것이 그 이유였다.

'코토리에게 이야기하면 분명 기뻐하겠지.'

그녀는 이럴 때 마치 자신의 일처럼, 아니, 자신의 일보다 더 기뻐해 주었다. 얼마 전의 자신이었다면 월급이 올라도 별 감흥 없이 묵묵히 평소와 같은 일을 되풀이했을 것이다.

그러던 것이 이제는 제대로 기쁨을 느낄 수 있게 되었다.

정말 코토리가 온 뒤로는 삶이 보람으로 가득하구나.

"그렇지, 내일은 뭐 맛있는 거라도 사갈까?"

평소 일에 대한 감사 표시였다. 돈을 허투루 쓰면 반대로 어쩔 줄 몰라 하는 코토리지만, 이럴 때라면 사양하지 않고 받아줄지도 모른다.

그녀를 생각하고 있으면 한시라도 빨리 만나고 싶은 마음에 절로 발걸음이 빨라졌다.

아파트에 도착해 계단을 한 계단씩 뛰어올라 열쇠를 넣어 현관문을 열고 사랑하는 그녀의 곁으로 갔다.

"다녀왔어~! 코토리, 좋은 소식이 있어. 오늘 말이지."

"으으, 한심해요……."

사랑하는 그녀는 이불을 동그랗게 뒤집어쓴 채 방구석에서 우울해하고 있었다.

"대체 무슨 일이 있었던 거야?!"

◇

"……그렇군."

유키는 코토리가 차려준 저녁을 먹으며 자신이 돌아오기 전에 있었던 일을 듣고 고개를 끄덕였다.

"그래서 결국 유이와 제대로 대화도 못 해보고 그대로 보내버렸다는 건가."

"……네."

코토리는 힘없이 고개를 끄덕인다.

참고로 들었을 때 그나마 제대로 이어진 대화라고는.

"유이 양, 햄버그 좋아해요?"

"……보통."

"좋아하는 음식이 뭐예요?"

"음, 닭튀김."

"그렇군요. 맛있죠, 닭튀김."

"……응."

"아, 음. 차 마실래요?"

"고마워……."

"……."

"……."

이것뿐이었다.

겨우 4번 왕복, 확실히 이걸 대화라고 부르기엔 다소 무리가 있기는 했다.

"제가 권유해 놓고 마지막엔 사과를 받고 말았어요……."

코토리는 고개를 숙인 채 그렇게 말했다.

그녀가 이렇게까지 드러내놓고 풀이 죽는 경우는 드물었다. 유이한테 상당히 미안해하는 것 같았다.

"아, 죄송해요. 모처럼의 식사 자리에서 어두운 이야기를 꺼내서."

그래도 이렇게 유키를 신경 써 주고 집안일도 완벽히 해냈으니 그 부분은 역시 코토리답다고 해야 할까.

"아, 괜찮아, 괜찮아."

오히려 코토리는 평소에 너무 신경을 많이 쓴다.

그것은 물론 정말 감사한 일이고 덕분에 매일 하는 공부나 일을 열심히 할 수 있는 것은 맞지만, 조금 더 자신을 우선시해도 좋지 않을까 하는 생각이 들었다.

"역시 쓸데없는 참견이었을지도 모르겠네요. 유이 양은 혼자서도 괜찮아 보였고요. 아, 유키 씨 밥 한 그릇 더 드릴까요?"

"아아, 부탁해. 음, 그래도……."

유키가 밥그릇을 건네며 말했다.

"괜찮지 않아 보여서 불렀던 거 아냐?"

그 말을 듣고 밥그릇을 받은 코토리의 손이 딱 멈췄다.

"저어…… 그건, 맞아요. 드러내놓고 외로워하며 울거나 한 건 아니라서, 그냥 정말 제 억측이나 상상일지도 모르지만요."

코토리가 시선을 살짝 낮추며 말했다.

"유이 양의 부모님이 어떤 분인지는 모르지만, 적어도

어린아이인 이상 만나지 못하고 혼자 있으면 외롭지 않을까 싶어서요…….”

“그러게……. 어린애들은 이러니저러니 해도 그런 느낌이지.”

어느 정도 성장하면 세상에는 가족만 있는 것이 아니라는 것을 깨닫고 오히려 부모의 존재를 귀찮게 여기는 일도 많아진다. 하지만 유이는 아직 10살. 그런 생각을 갖기에는 너무 이르다. 그래서 자신이 조금이라도 대신할 수 없을까, 그렇게 생각한 거겠지.

“응, 그럼 다시 불러보면 되지 않을까?”

“네?”

유키의 말에 코토리가 조금 놀란 표정을 지었다.

“신경 쓰이잖아? 그 애 말야.”

“그건…… 네. 하지만 전 유이 양이랑 대화를 잘 못해서.”

“아, 그거 말인데.”

“네.”

“굳이 얘기할 필요 없지 않아?”

유키가 던진 뜻밖의 말에 어리둥절한 표정을 짓는 코토리.

“저어…… 그런가요?”

“응, 나는 그렇게 생각해. 왜냐면.”

유키는 한 번 젓가락을 놓고 코토리의 비어 있는 손을 잡았다.

“나는 코토리와 이렇게 손잡고 조용히 보내는 시간도 좋아하니까."

"……그으, 감사합니다."

코토리가 살짝 얼굴을 붉혔다.

"중요한 건 같이 있는 거라고 생각하거든. 예를 들면 나는 코토리가 늘 집안일을 해주고 내 얘기를 들어줘서 고맙지만, 만약에 코토리가 크게 다쳐서 집안일을 못 하거나 말을 못 하게 되더라도 이렇게 옆에 있어주고 만질 수 있다면 그것만으로도 충분할 것 같아. 코토리는 어때? 내가 일도 못 하게 되고 말도 못 하게 되면 더는 나랑 안 만날 거야?"

코토리가 세차게 고개를 저었다

"아무리 유키 씨라도 화낼 거예요. 그런 건 상관없어요. 저도 유키 씨가 어떻게 되든 함께 있어준다면 그것만으로도 좋아요."

코토리가 건넨 그 말에 유키의 얼굴에 미소가 번졌다.

"고마워, 코토리. 똑같은 거야. 누군가가 있어주는 기쁨이라는 건."

유키는 코토리의 머리를 부드럽게 어루만지며 말했다.

"무리하지 않아도 돼. 코토리가 있는 그대로의 코토리로 있어준다면, 말을 잘 못하더라도 함께 있는 것만으로도 편안한 마음이 들어. 적어도 나는 그러니까 자신감을 가져도 돼."

"……."

코토리는 한동안 유키의 얼굴을 응시한 채 그대로 멈춰 있다가.

꼬옥.

자신의 손을 잡아주던 유키의 손을 양손으로 잡아 왔다.

"……유키 씨. 유키 씨가 제 남자친구라서 정말 다행이에요."

그 눈에는 약간의 눈물이 배어 있었다.

유키는 그런 그녀의 머리를 부드럽게 쓰다듬었다.

"응, 나도 너한테 도움을 줄 수 있었다니 다행이다."

월급이 올랐다는 말을 할 타이밍을 놓쳐버렸지만, 뭐, 오늘은 이대로도 상관없지 않을까.

"저, 한 번 더 유이 양을 초대해 볼게요."

"응, 힘내."

유키는 그대로 한동안 말없이 코토리의 머리를 쓰다듬어주었다.

다음 날.

코토리는 학교가 끝나자마자 조금 빠른 걸음으로 아파트로 돌아왔다.

그리고 현관에서 나와 기다리고 있자…….

왔다.

어제와 같은 시간에 유이가 나타났다. 손에 들고 있는 것은…… 역시 이번에도 어제와 같은 편의점 봉투였다.

"어서 와요, 유이 양."

유이 쪽으로 다가가 시선을 같은 높이로 맞춘 코토리가 그녀에게 말을 걸었다.

"……(꾸벅)."

유이는 대답은 하지 않은 채 가볍게 머리를 끄덕여 인사했다.

"오늘도 혼자인가요?"

코토리는 편의점 봉투를 가리키며 그렇게 물었다.

"응."

유이는 짧게 그렇게 대답했다.

"그렇군요……."

유이가 그대로 자기 집의 열쇠를 꺼내려고 하던 그때였다.

"그럼 오늘도 유키 씨의 집에서 같이 있을래요?"

코토리는 그렇게 말했다.

"……?"

유이가 의아함이 담긴 얼굴로 코토리 쪽을 보며 물었다.

"……나 대화 잘 못하는데?"

그렇지만 코토리는 고개를 저었다.

"그런 건 상관없어요. 저는 유이 양과 함께 있고 싶어요……. 안 될까요?"

이번에는 코토리가 유이의 눈을 빤히 응시했다.

"……."

유이는 잠시 코토리와 눈을 마주했다. 그렇게 서로가 서로의 눈을 물끄러미 바라보았다.

"응…… 알았어."

결국 유이가 조그맣게 고개를 끄덕였다.

코토리는 그 모습을 보고 빙긋 웃었다.

"감사합니다."

그렇게 말하고는 유키의 집 문을 열었다.

◇

그렇게 해서 어제와 마찬가지로 코토리는 유이와 함께 있게 되었다.

"……."

어제와 변함없이 유이는 말없이 우물우물 햄버그 도시락을 먹었다.

코토리도 어제와 변함없이 집안일을 하고 있었다.

그리고 역시 어제와 변함없이 이렇다 할 대화는 없었다.

하지만.

"~~♪"

코토리는 어제와는 달리 무척 가벼운 얼굴로 콧노래를 부르며 청소를 하고 있었다.

그 모습에 유이는 무심코 그쪽으로 시선을 돌렸다.

그 시선을 알아차렸는지 코토리가 유이 쪽을 바라보았다.

"왜요, 유이 양?"

"……아니, 아무것도 아냐."

"아, 맞다. 특제 우유 푸딩이 있는데 먹을래요?"

"……나 달콤한 건."

"잘 못 먹는다고 했죠? 하지만 단맛이 적은 거니까 시험 삼아…… 어때요?"

"……그럼 먹을게."

코토리는 그 말에 기쁜 얼굴로 냉장고에서 우유 푸딩을 꺼냈다. 작은 잔에 떠서 작은 숟가락과 함께 유이 앞에 놓아주었다.

"자, 여기 있어요. 먹기 힘들면 남겨도 괜찮아요."

"응, 잘 먹겠습니다."

유이는 고개를 끄덕이더니 천천히 수저를 집어들었다.

살짝 푸딩을 떠서 작은 입으로 덥석 물었다.

"……아, 맛있어."

유이는 불쑥 그 한마디만을 했다.

그 말을 들은 코토리가 환하게 미소 지었다.

"다행이네요."

"……(우물우물)."

"……."

"……저기."

"네, 왜 그러나요, 유이 양?"

"코토리는 아까부터 왜 내 쪽을 쳐다봐?"

유이가 아까부터 디저트를 먹는 내내 코토리는 정면에 앉아 기쁘게 그 모습을 보고 있었다.

"유이 양이 제가 만든 걸 맛있게 먹는 모습을 보고 싶어서요."

"……지루하지 않아?"

"그렇지 않아요. 저는 유이 양이 있어주는 것만으로도 즐거운 걸요……. 아, 그래도 너무 보고 있으면 먹기 힘들겠죠? 그렇다면 전 집안일을 하러 갈게요."

코토리가 그렇게 말하자 유이가 휘휘 고개를 저었다.

"딱히, 그런 건 아니야."

"그렇군요. 감사해요."

"……푸딩을 준 건 코토리인데, 이상해."

유이는 그렇게 말하고는 다시 숟가락을 입으로 가져갔다.

◇

식사를 마친 후 유이는 거실에서 휴식을 취했다.

침대에 앉아서 스마트폰을 만지작대고 있다.

한편 코토리도 전체적인 집안일을 마치고 학교에서 내준 과제를 할 생각이었다.

테이블에 앉아 한 손에 마커펜을 들고 교과서를 읽었다.

이때도 유이와의 대화는 없었다.

하지만 어제와는 확연히 분위기가 달랐다. 뭐랄까, 침묵이 어색하지 않다.

아, 역시 어제는 무리하게 유이와 관계를 맺으려고 애썼구나. 코토리는 그렇게 생각했다. 자신도 유이도 먼저 말하는 것에 서투르다.

그럼 그걸로 된 것이다. 사람이 두 명 있다고 꼭 말을 해야 한다는 규칙은 없다.

중요한 것은 옆에 있는 것. 그 존재를 느끼는 것이다.

유이는 딱히 표정의 변화는 없었지만, 기분 탓인지 오늘은 차분한 표정이었다.

아니, 정말 편안함을 느낀 것인지 꾸벅꾸벅 고개를 흔들며 졸기 시작했다.

"……."

눈도 반쯤 감겨 있다.

어쩐지 처음으로 아이다운 모습을 보게 된 것 같아 코토리는 작게 웃었다.

"졸리면 자도 괜찮아요."

코토리는 침대 쪽으로 가서 유이 옆에 걸터앉더니 자신의 무릎을 톡톡 쳤다.

"……괜찮아."

그런 말을 하면서도 벌써 반쯤은 누워 있다.

코토리는 그런 유이의 머리에 부드럽게 손을 얹고는 천천히 자신의 무릎 위로 가져왔다.

"……괜, 찮은데."

"제가 하고 싶어요. 안 될까요?"

"안 되지, 않아……."

그렇게 말한 유이는 온몸의 힘을 빼고 눈을 감았다.

"괜찮아요, 제가 있으니까요. 밤이 되면 깨워드릴게요."

"……응."

코토리가 유이의 머리를 쓰다듬었다.

살랑거리는 금빛의 얇은 머리카락이 손가락 사이로 빠져나가는 감촉이 기분 좋았다.

"역시 이렇게 하니까 마음이 따뜻하네요……."

코토리는 진심을 담아 그렇게 중얼거렸다.

"……따뜻해?"

유이가 무릎 위에서 코토리에게 물었다.

"네, 따뜻해요."

"……나, 체온은 좀 높은 편이야."

"후후후. 그렇군요. 유이 양의 몸은 따뜻해요. 그것도 있지만, 이렇게 누군가를 만지고 있으면 마음이 따뜻해져요. 유이 양은 따뜻해지지 않나요?"

"모르겠어…… 늘 혼자고, 그게 딱히 곤란하지도 않았으니까."

확실히 유이의 무표정하면서도 앙다물린 입매를 보면

강한 의지가 느껴졌다.

이 나이에 계속 집에서 혼자 보내는데도 아무렇지 않다고 하는 아이다.

분명 강한 아이일 것이다.

"그렇군요, 강하네요. 저는 유이 양과는 달리 겁쟁이라서 유키 씨가 돌아오기 전까지 혼자 보내는 시간은 좀 쓸쓸해요. 그래서 외로울 때 이렇게 누군가가 곁에 있어 주면 정말 기뻐요."

"그렇구나……. 하지만 난 혼자 있어도 괜찮아, 계속 그랬으니까……."

그렇게 말한 유이의 목소리는 강한 것이 아니라, 단지 그것이 당연한 것이라고 받아들인 듯한 목소리였다.

그런 모습이 얼마 전의 불합리함을 당연하게 여기던 자신과 겹쳐 보인 것일까.

아아, 이 아이가 내 앞에서는 편안히 쉬었으면 좋겠다.

그런 생각이 들었다.

……이윽고.

"……새근, 새근."

유이가 조용히 깊은 숨소리를 내기 시작했다. 코토리는 침대 이불을 가져와 그 작은 몸에 덮어주었다.

그리고 숨소리에 맞춰 조용히 오르내리는 그 등을 계속 부드럽게 어루만지는 것이었다.

◇

"……휴우. 오늘도 피곤하네."

일을 마치고 아파트 문 앞에 선 유키는 어깨를 빙글빙글 돌리며 그렇게 말했다. 월급이 올랐다고 좀 더 무리했던 걸까.

"후후후, 오늘은 가벼운 선물을 사 왔지."

전통 화과자 가게의 딸기 찹쌀떡이다. 코토리가 무척 좋아하는 것이다.

승급 축하와 평소의 감사를 전하기 위함이었다.

"기뻐할 코토리의 얼굴이 기대되네."

유키는 열쇠 구멍에 열쇠를 꽂고 비틀었다.

찰칵 소리와 함께 열쇠가 열렸다.

어제는 예외였지만 평소라면 이때 안에서 코토리가 현관으로 오는 소리가 들려야 하는데…….

"어? 오늘도 안 들리네."

무슨 일이지? 유키는 의문스럽게 생각하면서 문을 열었다.

"응? 아, 유이가 왔구나."

신발을 벗으려고 할 때, 발밑에 코토리의 것이 아닌 작은 신발이 있다는 것을 깨달았다.

유키는 집에 들어가 거실 쪽으로 걸어갔다.

"코토리, 다녀왔…… 아."

거실로 들어가 그 광경을 보았을 때 유키는 모든 상황을 짐작했다.

코토리가 유키 쪽을 향해 입 앞에 검지를 세웠다.

"……다녀왔어, 코토리."

유키는 작은 소리로 그렇게 말하면서 오른손으로 동그라미를 만들었다.

"어서 오세요, 유키 씨."

마찬가지로 작은 소리로 그렇게 말한 코토리의 무릎 위에서는 금빛 머리의 소녀가 기분 좋게 숨을 내쉬고 있었다.

……아아, 역시 코토리는 강하고 상냥한 아이구나.

안심하고 잠든 유이의 얼굴을 보고 유키는 새삼스럽게 그렇게 생각했다.

"아. 유키 씨 밥 준비해 드릴게요."

"괜찮아, 그대로 있어. 데워서 담기만 하면 되는 거지? 그 정도는 오늘은 내가 할게."

"……하지만 일 때문에 피곤하실 텐데."

"괜찮아. 오히려 내가 늘 고맙지. 그런 이유로 이거 봐. 코토리가 좋아하는 화과자. 월급이 오른 김에 좀 사왔어. 냉장고에 넣어둘게."

유키는 그렇게 말하고 화과자를 냉장고에 넣은 뒤 코토리가 이미 준비해 둔 된장국이 든 냄비를 불에 올렸다.

"……응?"

요리를 직접 담고 있는데 뒤에서 유난히 코토리의 시선이 느껴졌다.

무슨 일이지?

그런 뜻을 담아 코토리 쪽을 보며 고개를 갸우뚱했지만, 코토리는 신경 쓰지 말라는 듯 고개를 저었다.

'뭐지? 뭐, 그건 그렇고.'

유키는 작업을 하면서 거실 쪽을 바라보았다.

잠든 유이와 그 머리를 다정한 표정으로 쓰다듬고 있는 코토리의 모습이 그곳에 있었다.

어딘가 신성하면서도 동시에 친근했다. 그리고 어딘가 그리운 따뜻함이 두 사람을 감싸고 있는 것만 같았다.

'……하하, 정말 모녀 같네.'

이쪽까지 훈훈해지는 기분에 절로 웃음이 나는 유키였다.

◇

유키가 조용히 저녁을 먹거나 목욕을 하는 동안에도 유이는 푹 잠들어 있었다.

오늘은 평소보다 일찍 돌아왔다고는 하지만 이미 꽤 늦은 시간이다.

'슬슬 깨우는 편이 좋지 않을까…….'

여기서 너무 잠을 오래 잔 탓에 자신의 집에 돌아가 잠을 못 자는 것도 좋지 않을 것 같았다.

그런 생각에 유이의 얼굴을 들여다보았다.

"……음."

유이의 눈썹이 움찔했다. 그리고 희미하게 그 눈꺼풀이 열렸다.

"……아빠?"

"아니, 아닌데."

"후훗."

코토리가 조금 크게 웃을 뻔했다.

유이가 코토리의 무릎에서 스르륵 몸을 일으키더니 멍하니 유키의 얼굴을 쳐다보았다.

"……아빠가 아니야."

"그렇지."

"……왜 여기에?"

"내 집이라서 그런 게 아닐까."

잠이 상당히 덜 깬 것 같았다.

유이는 그런 말을 듣고 두리번거렸다. 그리고 코토리의 얼굴을 보았다.

"잘 잤어요, 유이 양?"

코토리는 그렇게 말하며 웃었다.

"……잘 잤어."

"다행이네요."

"응……."

유이는 스마트폰을 들어 화면을 보았다.

"이제 가볼게. 고마워, 코토리."

유이는 그렇게 말하고는 침대에서 내려와 현관으로 향했다.

유이와 코토리는 둘이서 현관까지 유이를 배웅했다.

구두를 신고 톡톡 땅바닥을 발끝으로 두드리더니 돌아서서 두 사람을 본다.

"……."

"왜 그래요, 유이 양?"

"뭔가 잊은 거라도 있어?"

유키가 그렇게 말하며 방 쪽을 보려고 했다.

"……또."

유이가 코토리 쪽으로 시선을 돌리며 말했다.

"또 와도 돼?"

"……."

코토리는 조금 멍한 얼굴이었다. 순간 유이한테 무슨 말을 들었는지 이해하지 못한 것 같았다.

조금 시간이 지나서 그녀가 반응했다.

"네, 언제든지 오세요……. 아, 하지만."

코토리가 유키 쪽을 바라보았다.

"응? 아아."

뭐, 엄밀히 말하자면 이곳은 유키의 집이었다. 평소에 코토리와 너무 오랜 시간을 보내서 잊고 있었다. 언제든지 와 달라는 말을 하려면 분명 집주인의 허락이 필요하다.

유이도 이쪽으로 시선을 돌렸다.

"물론이지, 언제든지 와."

유키가 그렇게 말하자 유이는 조그맣게 고개를 숙여 인사를 하고는 유키의 집을 떠났다.

쿵 하고 문이 닫혔다.

"……."

"……."

집안에 찾아오는 침묵.

사람이 한 명 줄어든 것만으로도 공간이 꽤 휑하게 느껴지는구나, 하고 유키는 생각했다.

"……자, 코토리는 저녁 아직이지? 내친김에 오늘은 내가 차려줄게."

그렇게 말하면서 코토리를 바라보았다.

"~!"

코토리는 양손을 몸 앞에서 꼭 쥐고는 기쁨을 음미하고 있었다.

"……코토리?"

"유키 씨!"

파앗 하는 소리가 나지 않을까 싶을 정도의 기세로 유키 쪽을 향하는 코토리.

"들었어요? 유이 양이 한 말!"

"어, 어어?"

"또 와도 되냐고. 또 와도 되냐고 말해줬어요!"

당장이라도 기쁨이 흘러넘칠 듯한 표정이었다. 보기 드물 정도로 신난 모습이다.

어쩐지 유키까지 기뻐졌다.

"마음이 전해졌네, 코토리."

"유키 씨!"

코토리가 유키의 배 근처를 껴안아 왔다.

"해냈어요! 유키 씨가 등을 밀어준 덕분이에요!"

"열심히 한 건 코토리야. 훌륭해."

뭐랄까, 지금의 코토리는 어린아이 같아서 평소와 다른 귀여움이 있었다.

무심코 머리를 쓰다듬어 버렸다.

한참을 그러고 있자니 조금 진정되었는지 코토리의 호흡과 심장 소리가 차분해졌다.

안정된 후에도 한동안 서로의 체온을 느끼고 있었다.

"슬슬 돌아갈까?"

그렇게 말하며 코토리에게서 떨어지려고 하던 그때였다.

꼬옥, 하고 코토리가 유키의 등에 두른 팔에 더 힘을 주었다.

아직 떠나고 싶지 않다고 말하는 것이다. 코토리가 이런 행동을 하는 일은 드물었다.

"무슨 일이야……? 오늘은 평소보다 더 어리광쟁이네."

"……그게, 저기."

농담처럼 건넨 유키의 말에 코토리가 껴안은 채로 입을

열었다.
“아까 유키 씨 돌아왔을 때, 제가 잠든 유이 양을 보느라 움직이지 못했는데도 싫은 내색 하나 없이 밥을 준비해 주셨잖아요.”
“그야 뭐, 당연한 거니까.”
“그뿐만이 아니에요. 제가 좋아하는 걸 사다주시면서 늘 고맙다고 해주시고, 그 후에도 유이 양이 깨지 않게 계속 신경 써주셨고요. 그래서 저기…… 아, 죄송해요, 역시 부끄러워요.”
“아니, 잠깐. 그렇게까지 말하고 멈추면 역시 신경 쓰이는데.”
“저어, 그…… 우, 웃지 마세요.”
코토리는 또 조금 망설이는가 싶더니.
“……그런 유키 씨를 보고 있으니까, 아이가 생기면 저도 아이도 둘 다 소중하게 대해주겠구나 생각했어요.”
그런 말을 해왔다.
“그렇게 생각하니까 유키 씨랑 떨어지고 싶지 않았어요. 죄송해요……. 역시 이상하죠. 벌써부터 유키 씨와의 아이가 생겼을 때를 상상하다니…….”
떨어질게요, 하고 코토리가 몸을 떼려고 했다.
꼬오오옥.
하지만 이번에는 유키가 그녀를 안아 자신 쪽으로 끌어당겼다.

"유, 유키 씨?!"

"코토리, 넌…… 정말로, 너무 귀여워!"

뭐냐, 이 사랑스러운 생물은.

평생 간직할 거다, 진짜로.

"좋아, 오늘은 잘 때까지 이러고 있자."

"네?! 그, 그건 좀."

"……싫어?"

유키가 그렇게 묻자 코토리가 품 안에서 고개를 저었다.

"……아니요. 기뻐요."

그렇게 말한 코토리도 유키 쪽에 몸을 맡겨왔다.

안타깝게도 코토리가 목욕을 해야 해서 잠시 떨어졌지만, 그날은 그때 외엔 계속 둘이 껴안고 있거나 손을 잡고 지냈다.

그리고 조금 비좁은 싱글 침대 위에서 둘이 함께 몸을 기대고 잠에 들었다.

집이 나뉜 뒤로 오랜만에 코토리와 단둘이 잠드는 밤.

유키는 지금까지의 인생에서 제일이라고 할 수 있을 정도로 무척 편안하고 깊은 잠을 잘 수 있었다.

제4화 유키와 유이

유키와 코토리가 오랜만에 함께 잠든 그날 이후.

유이는 매일같이 집에 오게 되었다.

코토리도 그것을 무척 기뻐했다. 코토리와 단둘이 보내는 시간이 조금 줄어든 것은 슬펐지만, 행복한 얼굴로 세 사람 몫의 음식을 만드는 모습을 보면 이쪽까지 행복해지는 기분이었다. 아니, 사실상 유이가 온 뒤부터 코토리는 정말 즐거워 보였다.

아이를 좋아한다는 말은 아무래도 진짜인 것 같았다. 여전히 대화가 활기를 띠지는 않았지만, 함께 목욕도 하고 머리도 빗겨주는 것을 보면 유이가 있어주는 것 자체가 무척 기쁜 모양이었다.

유이도 청소를 도와주기도 하고, 칭찬을 받으면 무표정한 얼굴이다가도 유키도 어느 정도는 알아차릴 수 있을 정도로 작게 웃음 짓곤 했다.

두 사람의 관계는 무척 좋았다.

나이 차이 나는 자매라고 할까, 정말 엄마와 딸 같다고 할까.

그런데 그렇게 되면 필연적으로 코토리뿐만 아니라 유키와 함께 있는 시간도 늘어나게 된다.

……하지만 그런 일은 없었다.

만나는 횟수 자체는 늘고 있지만 유이는 유키가 돌아온 후 얼마 있으면 돌아가 버렸다. 말해도 한두 마디 하는 정도였다.

'설마 날 피하는 건가?'

그런 생각을 하는 유키.

미움받을 만한 짓을 한 기억은 없었지만, 어린 여자아이의 마음을 유키가 알 수 있을 리가 없었다.

그리고 오늘.

유키는 오랜만에 오전에만 일정이 잡혀 있었다.

토요일이라 학교는 쉬는 날이고 아르바이트도 오전에 끝났다.

하지만 안타깝게도 하필 오늘 같은 날 코토리는 전학생이 치러야 하는 시험과 수업이 있다고 해서 학교에 가게 되었다.

어쩔 수 없는 일이었기에 간만의 휴일, 유키는 아르바이트를 마치고 돌아온 뒤 혼자 묵묵히 공부를 하고 있었다. 그런 유키의 집에.

"……실례합니다."

유이가 찾아왔다.

"아, 미안. 코토리는 오늘 학교에 일이 있거든. 아마 저녁쯤 돌아올 거야."

"……기다릴게."

그렇게 말하며 집에 들어서는 유이.

"어, 괜찮아? 나밖에 없는데."

"……응."

'뭐지, 피할 거라고 생각했는데.'

아무튼 첫 유이와의 일대일. 유키는 코토리가 돌아오는 저녁까지 이 상태로 지내게 되었다.

◇

'……유이랑 단둘이 있는 것까진 좋은데.'

솔직히 코토리에게 잘난 척을 해놓고 이런 말 하긴 그렇지만, 어떻게 대해야 할지 모르겠다.

애초에 유이는 자신을 피하는 것 같으니까 굳이 무리해서 이야기할 필요는 없을지도 모른다.

유키는 물리 문제를 풀면서도 곁눈질로 침대 쪽을 바라보았다.

그곳에서는 유이가 침대에 앉아 평소처럼 스마트폰을 만지작대고 있었다.

아마 평소 하던 앱 게임을 하고 있겠지.

지나가다 화면을 본 적이 있는데, 여러 나라의 영주가 되어 물자와 인원을 갖추고 다른 나라를 침략하여 영토를 넓혀가는 게임이었다.

유이는 꽤나 마음에 드는지 항상 그 게임을 하고 있다.

……뭐든 해보기 전엔 모른다. 뭔가 말을 걸어볼까?

"저기, 유이. 목마르지 않아?"

"……괜찮아."

심플하게 한마디로 대답하는 유이.

"그 게임은 어떤 거야?"

유키의 물음에 유이는 게임을 할 때와는 다른 손동작으로 스마트폰을 조작했다.

"……보냈어."

"응?"

유이가 손으로 가리킨 쪽에 있는 자신의 스마트폰을 보자, 만일을 위해 코토리를 경유해 등록해 둔 유이의 계정에서 메시지가 와 있었다.

내용물은 게임의 설명이 적힌 사이트의 URL이다. 세심하게도 플레이 동영상 링크도 달려 있었다.

"오, 오오. 고마워."

유키가 그렇게 말하자 끄덕 고개를 끄덕이는 유이.

천만에, 라는 뜻일까.

"으음."

점점 더 모르겠다.

굳이 URL을 보내줬다는 건 세심하다는 뜻일까, 아니면 자신과 이야기하고 싶지 않다는 뜻일까. 유키가 그런 생각을 하고 있을 때였다.

꾹, 꾹.
“응?”
어느새 옆에 와 있던 유이가 옷소매를 잡아당겼다.
“어, 어? 왜?”
유이가 먼저 이쪽에 행동을 보인 것은 처음이었다.
조금 놀랐다.
“……저거.”
유이가 가리킨 쪽에 있던 것은 일전 코토리를 위해 사온 게임기였다.
“뭐야? 하고 싶어?”
끄덕끄덕 고개를 위아래로 움직이는 유이.
“……해본 적 없어.”
“어? 그렇구나……. 아니, 나도 코토리랑 잠깐씩 하는 정도긴 한데.”
늘 스마트폰으로 게임을 하기에 게임을 좋아하는 줄 알았다.
“그래, 그럼 켜는 법 알려줄게. 어떤 게임이 좋아?”
참고로 처음에 샀던 『성창전설 3』이라는 RPG 말고도 지금은 소프트웨어가 몇 개 더 있었다.
“이거…….”
그렇게 말하며 손으로 가리킨 것은 대전형 격투 게임이었다.
“어? 그거?”

조금 의외다.

"……이상해?"

"아니, 이상한 건 아니야. 유이는 늘 혼자 하는 스마트폰 게임을 즐겨 하는 것 같길래. 이번에도 혼자서 할 수 있는 RPG를 선택할 줄 알았거든."

유키가 그렇게 말했다.

"이거라면…… 다 같이 할 수 있잖아."

"……과연."

그런 생각은 하지 못했다.

확실히 그 자리에 있는 사람과 함께 할 수 있다는 것이 거치식 게임의 특징이었다(일단 『성창전설 3』도 둘이서 놀 수는 있지만).

유키는 유이의 솔직한 모습에 조금 놀라면서도 게임기에 디스크를 세팅하고 스위치를 켰다.

그러자 전에 오타니에게 받은 모니터 화면에 화려한 BGM과 함께 폴리곤 캐릭터들이 등장했다.

"좋아, 이제 플레이할 수 있어. 좋아하는 캐릭터를 골라서 싸우면 돼."

그렇게 말하고 유이에게 컨트롤러를 건네주었다.

"……고마워."

"그럼 모르는 거 있으면 말해."

유키는 그렇게 말하고 공부로 돌아가려고 했다.

"……."

"응?"

그런데 유이가 물끄러미 이쪽을 바라보고 있었다.

"왜 그래?"

"……아무것도 아니야."

유이는 그렇게 말하더니 화면 쪽으로 고개를 돌려 조작을 시작했다.

'으음?'

아무것도 아니라고 했지만, 유이가 잠자코 이쪽을 보고 있을 때는 뭔가 이유가 있는 경우가 많다는 것을 요즘 깨달았다. 코토리가 머리카락을 매만지는 버릇과 비슷했다.

이 상황에서 유이가 말하려다가 못 한 말이 무엇일까 생각했다.

'……혹시 나랑 같이 하고 싶었던 건가? 아까 다 같이 할 수 있다고 말하기도 했고.'

"저기, 유이. 모처럼 대전 게임 하는 거니까 나도 해도 될까?"

유키가 그렇게 말하자 유이가 고개를 돌려 이쪽을 돌아보았다.

끄덕끄덕, 평소보다 격렬하게 고개가 움직인다.

'기, 기뻐하는 건가?'

기본적으로 무표정이라 알아차리기 어려웠다.

"……유키랑 단련해서 코토리를 깜짝 놀라게 해줄 거야."

"코토리 이거 엄청나게 잘하니까 힘내. 게임할 땐 자비가 없거든.”

입을 동그랗게 벌리고 의외라는 표정을 짓는 유이.

확실히 평소의 코토리에게서 보이는 이미지와는 상당히 다를 것이다. 컨트롤러를 손에 쥐면 성격이 조금 바뀌는 타입이다.

‘……그건 그렇고.’

피하는 거라고 생각했는데, 같이 게임하는 걸로 이렇게 좋아하는 걸 보면 그런 것도 아닌가?

그런 생각을 하면서 유키는 컨트롤러를 집어 들었다.

참고로 유이는 도저히 처음 해봤다고는 믿기 어려울 정도로 컨트롤러 조작에 익숙했다. 덕분에 금세 유키와 승부다운 승부를 할 수 있게 되었다.

역시 평소부터 게임에 익숙해져 있어서 감이 좋은 걸까. 유키는 본인도 요즘 세대라는 것을 망각하며 그런 생각을 했다.

◇

“……으음.”

점심시간. 코토리가 만든 도시락을 다 먹은 유키는 평소처럼 참고서를 펼친 상태로 팔짱을 낀 채 복잡한 표정을 짓고 있었다.

“……어머, 별일이네. 특기 과목인 물리에서 네가 그렇게까지 골머리를 앓다니.”

역시 여느 때처럼 매점에서 산 빵을 먹으며 만화를 읽고 있던 오타니가 그런 말을 해왔다.

오타니는 여름 방학 중 다이어트를 해 엄청난 미녀로 변신했지만, 기분 탓인지 점점 체형이 돌아오는 것 같다. 다만 말하면 한 대 맞을 것 같았기에 굳이 말하지는 않았다.

“음, 아니 뭐랄까, 아이라는 건 어려운 존재구나 싶어서.”

덜컹.

오타니가 의자 위에서 굴러떨어질 뻔했다.

“……너 설마…… 언젠가 저지를 줄은 알았지만, 피임은 만전을 기하라고 미리 말했어야 했는데.”

“아니야! 아직 키스도 못 했거든! 아니? 그러고 보니 아직 키스도 안 했잖아! 어째서?!”

“내가 어떻게 알아…….”

아니, 하지만 따지고 보면 매일 함께 보내고 한 침대에서 자기까지 하는데 이상한 이야기였다.

‘뭐, 막상 생각해 보니 어떤 타이밍에 하면 좋을지 잘 모르겠네…….’

그런 분위기 같은 게 있는 걸까?

“……그래서, 네가 실수한 게 아니라면 대체 무슨 말이야?”

“아, 그거 말이지.”

유키는 오타니에게 최근 자신의 집에 드나들게 된 소녀

에 대해 이야기했다.

코토리와 진짜 모녀처럼 사이가 좋다는 것, 그리고 왜 그런지는 모르겠지만 자신이 집에 오면 돌아가 버린다는 것.

“저번 휴일엔 코토리가 돌아올 때까지 둘이서 게임을 하면서 거리가 좀 좁혀졌다고 생각했는데, 그 후에도 역시 내가 집에 오면 바로 돌아간단 말이지. 좋아하는 건지 미움받는 건지, 그 나이대 여자아이의 마음은 정말 모르겠어.”

“……뭐, 어차피 넌 나이대 상관없이 여자 마음 같은 건 모르니까.”

“거기에 대해서는…… 확실히 자신은 없네, 나이대 상관없이.”

여자친구가 있는 상황에 한심하기 짝이 없는 말이었지만, 여전히 유키에게 여사친은 오타니밖에 없었다.

“글쎄. 내가 해줄 수 있는 말은 별로 많지 않지만…… 아, 잠깐만, 렌즈가 비뚤어졌어……. 아, 진짜. 역시 귀찮아.”

오타니는 그렇게 말하고는 콘택트렌즈를 벗고 가방에서 평소의 빨간 테 안경을 꺼냈다.

“역시 이쪽이 좋아.”

“눈 깜짝할 사이에 익숙한 모습으로 돌아왔네…….”

몸무게가 좀 더 늘면 완전히 원래 모습일 것이다.

"아무튼 그 유이라는 아이 말인데, 차라리 직접 '내가 돌아오면 바로 돌아가는데 왜 그런 거야?'라고 물어보면 되는 거 아냐?"

"아니, 아무리 그래도 그건 좀……."

그렇게 물어보면 대답하기 어렵지 않을까.

"'이 정도 나이대의 아이는 이런 건가?'라는 추측을 하면서 고민하는 것보다야 훨씬 나을 것 같은데. 게다가 단순히 널 싫어하는 것도 아닌 것 같고, 아이에게도 아이 나름대로 생각하는 바가 있을 테니까."

게다가, 라고 하며 오타니가 다시 말을 이었다.

"그 얘길 듣고 있으니 그 애, 어쩐지 닮은 것 같아."

"누구랑?"

"코토리랑. 그러니까 네가 먼저 물어보는 편이 그쪽도 말하기 더 쉽지 않을까."

"유이와 코토리가 닮았다라……."

유키는 그날 아르바이트를 마치고 돌아오는 길에 그런 생각을 하고 있었다.

외모로만 보자면 정통 일본식 미인인 흑발 소녀 코토리와 외국의 피가 섞인 금발 벽안의 유이는 정반대라고 해도 좋을 정도였지만, 오타니가 말한 것은 당연히 성격 이야기였다.

듣고 보니 둘 다 이쪽에서 말하지 않으면 본인이 나서서 남과 이야기하는 타입은 아니었다. 유이의 경우는 말을 걸어도 말수가 적지만…….

"그러니까 내가 먼저 내 생각을 전하는 게 더 낫다는 건 확실히 맞는 말이야."

어쩌면 유이도 코토리와 마찬가지로 자신의 안에 담아두는 타입인지도 모른다.

"그나저나, 역시 오타니는 굉장하네."

유키의 말만 듣고 이렇게나 도움이 되는 조언을 준 것이다. 도대체 어떤 식으로 살아야 자신과 같은 나이에 그렇게 많은 인생 경험이 느껴지는 말을 할 수 있는 걸까…….

"……응?"

그런 생각을 하고 있는데 유키의 눈에 평소와 다른 광경이 들어왔다.

"아, 이 시간이면 열려 있구나."

불이 켜진 동네 슈퍼마켓이었다. 항상 유키가 돌아가는 시간에는 문을 닫아 불이 꺼져 있는데, 오늘은 평소보다 아르바이트 시간이 짧아서 그런지 캄캄한 와중 반짝거리며 불을 밝히고 있었다.

"……그러고 보니 코토리가 유이는 단 것보다 짠 걸 좋아한다고 했었지."

케이크보다 간장 전병을 더 좋아한다고 했다.

"지난번에 후지이가 추천해준 거 맛있던데. 선물로 사갈까?"

오늘은 유이와 좀 이야기를 해볼 생각이니 조금 붙잡아둘 필요가 있다.

'딸의 관심을 끌기 위해 선물을 사가는 아버지도 어쩌면 이런 심정일지도 모르겠네…….'

세상 아버지들의 아련한 마음에 공감하면서 유키는 슈퍼 안으로 들어갔다.

오랜만에 와서 인테리어가 바뀐 것인지 유키는 잠시 제과 코너를 찾아 돌아다녔다.

"장보기 같은 것도 코토리한테 전부 맡기고 있으니까."

쉬는 날에는 도와주려고 했지만, 코토리는 유키가 쉬는 날에 맞춰 매번 그 전날 필요한 볼일을 모두 끝내두었다. 일하고 있는 유키에게 수고를 끼치지 않기 위한 그녀만의 프라이드…… 라기보단 당연히 그래야 한다고 생각하는 느낌이었다.

어쩌면 프로야구 선수였던 아버지를 지지하던 어머니의 등을 보며 자란 영향일지도 모른다. 정말 완벽한 여자친구다. 가능하다면 지금 당장 결혼하고 싶다. 아니, 진짜로.

"아, 저기 있다."

유키는 드디어 제과 코너를 발견했다.

목적했던 간장 전병은 잘 보이는 위치에 놓여 있었다. 패키지에 작년 매출 넘버원이라는 문구가 찍혀 있다. 아무래도 제과업계에서는 잘 팔리는 상품인 것 같다. 확실히 유키 입에도 이 과자는 맛있다. 유키는 두 봉지 정도 손에 들고 계산대로 향했다.

그때.

"……아."

야채 코너에서 익숙한 사람을 발견했다.

"……코토리, 브로콜리 가져왔어."

"고마워요, 유이 양. 아, 엄청 신선한 거예요. 잘 알았네요?"

"전에 녹색이 짙은 게 좋다고 코토리가 말했어……."

"후후, 기억해 준 건가요? 고마워요."

그렇게 말하며 코토리가 유이의 머리를 쓰다듬었다.

유이도 여전히 무표정하지만 조금 기쁜 얼굴로 눈을 가늘게 떴다.

"……왠지 정말 모녀 같네."

유키는 그렇게 중얼거리고는 두 사람에게로 걸어갔다.

"안녕."

"아, 유키 씨. 지금 돌아오는 길이셨군요."

코토리가 손에 채소를 든 채 유키 쪽을 보았다.

"……(꾸벅)."

유이는 말을 꺼내진 않았지만 가볍게 고개 숙여 인사했다.

"오, 오늘은 스튜야?"

유키는 장바구니 속의 식재료를 보며 그렇게 말했다.

코토리가 만드는 스튜는 맛이 진해서 밥에 뿌려 먹으면 무척 맛있다. 유키네 집에서는 스튜를 밥에 뿌려 먹는 문화가 없어서 처음에는 거부감이 있었지만, 한입 먹어본 뒤로는 지금껏 자신이 얼마나 좁은 세상에서 살았는지 후회했을 정도였다.

"유키 씨는…… 간식을 사러 오신 건가요? 별일이네요."

코토리가 유키가 손에 들고 있는 간장 맛 전병을 보며 그렇게 말했다.

"응? 아아, 그렇지. 모처럼이니까 같이 장볼까?"

그렇게 말한 유키는 코토리가 들고 있는 바구니를 대신 들고 그 안에 전병을 넣었다.

"감사합니다."

코토리는 그렇게 말하고 고개를 숙였다.

"괜찮아, 괜찮아. 유이도, 내가 같이 쇼핑해도 될까?"

"……."

유이가 말없이 고개를 끄덕였다.

그때.

삐삐, 하는 휴대전화 벨소리가 들려왔다. 장소는 코토리의 옷 속이었다.

"아, 죄송해요. 매너모드로 바꿔두는 걸 깜빡했어요."

"괜찮아, 친구야?"

반에서 연락용으로 쓰는 메시지 앱 알림도 아니고, 코토리의 휴대폰으로 직접 전화를 걸 만한 상대는 그리 많지 않았다.

"으음……."

코토리가 화면을 보고 표정을 굳혔다.

"……아버지의 변호사예요."

코토리는 그렇게 말하고는 미안하다는 얼굴로 유키와 유이 쪽을 바라보았다.

"끊어지기 전에 빨리 받아봐. 기다릴게."

"……응. 기다릴게."

유이도 변호사라는 말과 코토리의 태도로 어렴풋이 사정을 헤아린 것인지 그런 말을 했다. 코토리는 작게 고개를 숙이고는 전화를 받으며 종종걸음으로 인적이 드문 휴게 코너 쪽으로 향했다.

유키와 유이도 휴게 코너 근처에 자리한 푸드 코트 쪽으로 이동해 코토리의 전화가 끝나기를 기다리기로 했다.

"……그러고 보니 오늘이었구나."

유키는 휴게 코너 구석에서 불안한 얼굴로 통화를 하는 코토리를 보며 기억을 떠올렸다.

오늘은 코토리의 아버지 시미즈 코지의 재판 날이다.

코토리는 방청을 하고 싶다고 했지만, 변호사가 "시미즈 씨의 지금의 심리 상태를 감안했을 때 재판 장소에서 따님의 모습을 보면 충동적으로 그 자리에서 학대 얘기까지 해버릴지도 모른다"라는 말로 말렸다.

판결이 어떻게 될지 유키는 알 수 없었다. 직접 알아보기도 했지만 상황이 복잡했기에 어떤 판례가 적응되는지 일반인인 자신은 알 수 없었다.

가장 큰 관건은 집행유예가 떨어지느냐 여부였다. 집행유예가 떨어지면 집행유예 기간 중 죄를 짓지 않는 한 감옥에 들어갈 일이 사라진다.

다만 코토리가 너무 슬퍼하지만 않았으면 좋겠다고 생각했다.

"미안해, 유이. 기다리게 해서."

유키가 테이블을 사이에 두고 맞은편에 앉는 유이에게 그렇게 말했다.

유이는 유키의 말에 고개를 휙휙 저었다.

"……나야말로 미안해."

"응? 미안하다니 뭐가?"

유키로서는 유이에게 사과받을 만한 일을 당한 기억이 없었다.

"……유키랑 코토리 두 사람의 시간을 내가 방해하고 있으니까."

"어? 그 부분?"

유키는 무심코 유이의 얼굴을 뚫어지게 바라보았다.

설마 그런 점을 배려하고 있었다니 놀랐다.

'그렇다면 설마…….'

유키는 유이에게 물어보기로 했다.

"저기, 유이. 혹시 평소에 내가 돌아오면 바로 돌아가던 것도 우리 둘만의 시간을 방해하지 않기 위해서였어?"

유이가 고개를 끄덕였다.

"응……. 소중한 시간이잖아?"

당연하다는 얼굴로 유이가 그렇게 말했다.

'……아.'

유키도 오타니가 하려던 말을 이제야 알 것 같았다.

확실히 코토리와 유이는 비슷하다.

이 아이는…… 착한 아이다. 단순히 엄청나게 상대를 배려해주는 착한 아이.

그것도 코토리와 마찬가지로 타인에 대한 배려와 상냥함이 본인 기준으로는 당연한 일이라고 생각하는 타입이다.

"하아, 뭐야."

유키가 깊은 한숨을 내쉬었다. 정말로 쓸데없는 걱정을 하고 있었네.

"……왜 그래?"

"아니, 솔직히 말하자면 매번 내가 돌아오자마자 나가길래 나를 싫어해서 그런 게 아닐까 생각했거든."

"……미안."

평소의 표정보다 눈썹이 처져 있다. 눈에 띄게 미안해하는 유이.

"아니, 아니, 내가 그냥 바보같이 착각한 거지. 그래도 응, 다행이다. 미움받는 게 아니라."

"……난 유키 좋아해."
"아, 으응. 그래?"
좋아한다는 말은 아직 코토리한테 듣는 것도 좀 쑥스러운데, 유이한테 들어버렸다.
"조심하는 편이 좋겠다. 그런 얼굴로 너무 쉽게 좋아한다는 말을 하면 반 남자애들이 착각할지도 몰라."
"……? 알았어, 조심할게."
잘 모르겠다는 얼굴이었지만 유이는 고개를 끄덕였다.
"오래 기다리셨죠……."
그때 코토리가 전화를 끝내고 돌아왔다.
그 표정은…… 안타깝게도 그다지 좋지 못했다.
유이 앞이라 평소 이상으로 괴로운 심정을 드러내지 않으려고 애썼지만, 유키가 보기엔 한눈에 알아차릴 수 있을 정도로 우울해 보였다.
"……판결, 별로 안 좋았어?"
유키가 작은 목소리로 코토리에게 물었다.
"3년이래요……. 집행유예는 나오지 않았어요. 항소는 안 한대요."
"그래……."
유키는 몇 번인가 면회에서 만난 시미즈의 얼굴을 떠올렸다.
어쩌면 시미즈 본인은 이 판결에 만족하고 있을지도 모른다고 생각했다.

자신의 딸을 오랜 시간 괴롭게 한 것을 후회하고 있는데, 정작 그 딸인 당사자는 시미즈를 용서해 버렸다. 그 일에 대해 일전 마음이 편치 않다고 말했던 것이다.

그렇기에 굳이 항소하지 않고 감옥에서 죗값을 치르기를 바랐을 거라 믿고 싶다.

"자, 쇼핑을 계속할까요!"

조금 무리하듯 목소리에 힘을 주어 코토리가 그렇게 말했다.

다만 그의 딸인 그녀는 어쩔 수 없는 일이라고 생각하면서도 쉽게 감정을 떨쳐내기 어려운 것 같았다.

'유이가 있다고는 해도 이럴 때 정도는 다른 사람 신경 쓸 필요 없는데…….'

유키가 그런 생각을 하고 있을 때였다.

유이가 몸을 일으켜 총총총 코토리 옆으로 다가왔다.

"……코토리."

"뭔가요, 유이 양?"

유이가 자신의 오른손을 코토리에게 내밀었다.

"……손."

"손이요?"

"……응."

고개를 끄덕이는 유이. 코토리는 의아해하면서도 자신의 왼손을 내밀었다.

유이가 그 손을 잡더니 자신의 작은 오른손으로 최대한

힘껏 감싸 쥐었다.

"갑자기 무슨 일이에요, 유이 양?"

"……코토리, 얼굴이 괴로워 보이니까."

"아……."

조금 난처한 표정을 짓는 코토리.

"……외로울 때는 누군가 옆에 있어주면 기쁘잖아?"

코토리가 화들짝 놀라 유이의 얼굴을 보았다.

아마도 유키가 모르는, 두 사람 사이에 오간 대화 속에서 코토리가 한 말일 것이다.

유키에게도 유이가 온 힘을 다해 상대의 괴로운 마음을 달래주려는 것은 전해졌다. 코토리는 눈꼬리에 눈물을 매달고 유이의 손을 부드럽게 움켜쥐었다.

"……저기, 코토리. 따뜻해?"

"네……."

유키는 그 후 손을 잡고 사이좋게 쇼핑을 하는 코토리와 유이를 다정한 눈빛으로 바라보았다.

◇

쇼핑을 마친 유키 일행이 슈퍼를 나섰다.

"그건 그렇고 닭가슴살 특별 세일을 맞추다니 운이 좋았네요."

코토리가 환한 얼굴로 그렇게 말했다.

"……코토리, 기운 났어."
"네, 유이 양 덕분이에요."
코토리는 유이와 잡은 손을 기쁘게 흔든다.
"……응. 다행이다."
만족스러운 표정으로 그렇게 말하는 유이.
"나도 고마워, 유이."
유키의 그 말에 손을 잡지 않은 손으로 엄지를 척 치켜세우는 유이. 나에게 맡겨, 라고 말하듯 의기양양한 모습이었다.
살짝 아이 같은 느낌이 들어 흐뭇한 미소가 났다.
"……."
유이는 뭔가를 알아차린 듯 엄지손가락을 치켜든 자신의 왼손과 유키의 얼굴을 번갈아 쳐다보았다.
"……모처럼이니까 유키도."
유이는 코토리를 가리키며 그렇게 말했다.
"아, 코토리와 손을 잡으라고? 말은 고마운데 코토리는 다른 손에 짐을 들고 있어서……."
예정보다 조금 많이 사 버린 덕분에 쇼핑용 가방에는 다 담지 못하고 비닐 봉투에 넣은 것도 있었다.
그래서 봉투는 두 개. 무거운 장바구니 쪽은 유키가 들고, 비닐 봉투 쪽을 코토리가 들고 있는 상태였다.
"……어쩌지."
유이가 그렇게 말했다.

"유키 씨와 유이 양이 손을 잡으면 되잖아요."
그렇게 말한 것은 코토리였다.
"……하지만 그러면 코토리가 안 따뜻해져."
유이의 그 말에 코토리는 미소를 지으며 천천히 고개를 저었다.
"유이 양. 따뜻함이라는 건 꼭 닿아 있을 때만을 말하는 게 아니에요. 함께 있다는 걸 느끼는 거죠. 그러니까 유키 씨와 유이 양이 손을 잡아준다면 유이 양과 손을 잡고 있는 저도 유키 씨와 손을 잡고 있는 거나 마찬가지예요."
"꽤 억지스러운 논리네."
"뭐 어때요, 괜찮잖아요? 셋이서 손잡고 걷는 것도 재밌을 것 같고요."
생글생글 웃으며 그런 말을 하는 코토리. 이럴 때는 영락없이 장난기가 발동하는 여자친구다.
"……그럼."
유이가 유키에게 비어 있는 왼손을 내밀었다.
"……싫지 않다면."
아주 조금 자신을 받아줄까 불안한 표정을 짓는 유이.
그 표정을 보고 있으니 방금까지 유이에게 미움을 받은 게 아닐까 걱정하던 자신을 보는 것만 같아 작게 웃음이 나왔다.
"당연히 싫지 않지."
그렇게 말하며 유이와 손을 맞잡았다.

유이의 손은 작았지만 체온이 높은지 무척 따뜻했다.

"……유키는 따뜻해?"

"응, 따뜻해."

유이가 코토리 쪽을 보았다.

"네, 따뜻해요."

"……응."

기쁜 얼굴로 고개를 끄덕이는 유이.

"자, 돌아갈까?"

유키의 그 말에 세 사람은 걷기 시작했다.

시간은 해질녘.

뻗은 것은 큰 그림자 두 개와 그 사이 작은 그림자 하나.

그 그림자는 서로의 손을 맞잡고 있어 무척 따스하고 행복한 형태였다.

제5화 유키와 코토리와 미나

유이가 유키의 집에 오게 된 지 한 달이 지났다.

변함없이 유이는 유키의 집에 드나들고 있는데, 한 가지 달라진 점이 있다.

"다녀왔어~."

오늘도 일을 마치고 밤늦은 시간 유키가 돌아왔다.

"어서 오세요."

웃는 얼굴로 맞이해 주는 것은 코토리다.

잠옷으로 사용하고 있는 운동복을 입고 마중을 나와주면 무척 생활감이 느껴져서 "아아, 돌아왔구나" 하는 기분이 들었다.

유키가 겉옷을 코토리에게 맡기고 거실로 들어가자 유이가 침대 위에서 스마트폰을 보고 있었다.

"……어서 와."

"응, 다녀왔어, 유이."

유이는 다시 스마트폰 화면으로 시선을 돌렸다.

특별히 유키와 이야기를 나누는 것은 아니지만 돌아가려는 기색도 없었다.

유키는 그 모습을 보고 작게 웃었다.

유이는 셋이서 손을 잡고 돌아간 그날 이후, 유키가 돌아와도 곧바로 돌아가지 않았다.

그런 와중에도 자기 전 침대 앞에서 코토리와 단둘이 손 잡고 함께 쉬는 시간에는 재주껏 자신의 집으로 돌아가는 것을 보면 정말로 눈치가 빠른 아이라는 생각이 들었다.

유키도 깨닫고 보니 어느새 집에 유이가 있는 것을 당연하게 여기고 있었다.

유이는 가끔 같이 비디오 게임을 하는 정도고 대부분은 스마트폰을 보거나 학교 숙제를 했다. 그래서 유키가 공부를 하는 데 방해도 되지 않았다.

코토리도 혼자 조용히 집안일이나 공부를 하는 시간이 길었기 때문에, 기본적으로 세 사람은 한 방에 있어도 각자 자신의 일을 하고 있는 상태다.

하지만 그것이 무척이나 편안했다. 코토리도 유이도 같은 마음일 것이다.

다른 일을 하고 있어도, 확실히 세 사람은 함께 있었다.

그러던 어느 날 밤.

"그건 그렇고 유이 녀석, 생선뼈 바르는 거 여전히 못하네."

"후후, 유키 씨도 처음에 그랬잖아요."

유키와 코토리는 여느 때처럼 침대 앞에서 둘이 손을 잡고 쉬고 있었다.

유이는 셋이 함께 저녁을 먹고 얼마 안 있어 자신의 집으로 돌아갔다. 지금은 정말 단둘뿐인 시간이다.

단둘뿐인데…….

"그러고 보니 내일부터 유이는 수학여행인가?"

"네, 내일부터 2박이에요."

"그나저나 유이는 학교에서는 어떻대? 말을 너무 안 해서 놀림당하거나 괴롭힘당하는 일은 없었으면 좋겠는데."

"학교 얘기는 가끔 듣는데, 잘 지내는 것 같아요. 과묵하지만 의사 표시는 확실하잖아요."

"그러게. 유이 녀석, 우리처럼 나이 차가 좀 나는 상대한테도 말할 때는 확실하게 말하니까…… 아니, 그보다 단둘이 있어도 유이 얘기뿐이네."

그렇다.

요즘은 코토리와 둘이 있을 때도 화제의 중심이 언제나 유이였다.

"이러니까 마치 부모 같네……."

유키는 스스로에게 어이가 없다는 얼굴로 그렇게 말했다.

"후후. 저도 유이 양이 제 아이처럼 느껴질 때가 있어요."

코토리가 즐겁게 웃었다.

뭐, 확실히 요즘 집안일을 하는 코토리 곁에서 유이가 총총총 걸어다니는 모습을 보면 뭐라고 할까, '귀엽다'라든가 '건강하게 자랐으면 좋겠다'라는 생각이 들긴 했다.

'이게 부모의 마음이라는 건가…… 아니, 딱히 부모가 되어본 적이 없어서 정말 맞는지는 모르겠지만.'

뭐, 자신은 몰라도 코토리와 유이를 보면 정말 부모와 자식 같다.

유키는 아직 그렇게까지 유이와 함께한 시간이 길지는 않았지만, 코토리는 방과 후 꽤 오랜 시간 유이와 함께 보내고 있었다.

그러니 그런 마음도 유키보다는 더 강할 것이다.

그런 얘기를 하는 와중.

딩동.

하고 현관의 초인종이 울렸다.

"응? 누구지 이런 늦은 시간에. 택배는 아닐 텐데."

유키가 그렇게 말하는 사이에 코토리가 일어나려고 했다.

이럴 때 그녀의 반응은 빠르다. 역시 평소 집안일을 도맡고 있는 그녀답다며 남몰래 감탄했다.

하지만.

"내가 나갈게, 코토리. 늦은 시간이니까 수상한 사람일지도 모르잖아."

"어? 아, 네. 감사합니다……."

조금 부끄러운 듯 코토리의 목소리가 작아졌다.

"왜 얼굴이 빨개져?"

“아뇨, 그……. 절 지켜주시는 모습이 멋있다는 생각에…….”

“어, 어……. 그건 고마워.”

그런 말을 들으니 유키마저 쑥스러워졌다.

유키는 달아오른 얼굴을 식히며 현관으로 향했다.

그리고 현관문에 달린 작은 구멍으로 밖을 살피자…….

“……어?”

아무도 없었다.

누군가 장난친 건가?

그렇게 생각하면서도 유키는 문을 열었다.

“어? 유이?”

시선을 낮추자 몇 시간 전 막 집으로 돌아간 유이가 덩그러니 그곳에 서 있었다.

복장은 평소 보던 코토리의 이전 학교 초등부 교복이 아닌 물방울무늬 잠옷이다. 그 손에는 똑같이 물방울무늬 베개가 들려 있다.

“왜 그래? 뭐 잊은 거라도 있어?”

유이는 고개를 젓더니 작게 중얼거렸다.

“……꿈.”

“꿈?

“……무서운 꿈 꿨어.”

무서운 꿈?

뭐, 그건 유키도 가끔은 꾸긴 한다.

"그래서 저기……."

유이는 조금 주저하듯 입을 열며 베개를 꽉 움켜쥐었다.

'……아.'

그렇군.

유키는 그제야 알아차렸다.

'그렇지. 말이 없고 야무진 애지만, 아직 어린 여자애니까.'

유키는 약간 미소 지으며 말했다.

"들어와. 코토리도 아직 있으니까."

"……."

유이는 고개를 끄덕였다.

"유이 양?!"

잠옷 차림의 유이를 보고 코토리는 조금 놀란 듯 소리를 질렀다.

"무슨 일인가요, 이렇게 늦은 시간에?"

"무서운 꿈을 꿔서 오늘은 코토리랑 같이 자고 싶대."

"……네?"

코토리가 눈을 크게 뜨고 유이를 바라보았다.

"……(끄덕)."

유이가 작게 고개를 끄덕였다.

코토리는 생각보다 놀란 것인지 잠시 앉은 채 굳어 있었다.

"……후후, 그런가요?"

하지만 곧 기쁜 얼굴로, 정말이지 기쁜 얼굴로 웃어주었다.

그리고 침대 위에 앉아 유이를 맞이하듯 두 팔을 벌렸다.

"이리 오세요, 유이 양."

"……응."

유이가 총총 걸어가 그런 코토리의 품 안에 몸을 맡겼다.

"괜찮아요. 제가 있으니까요."

코토리는 부드러운 목소리로 그렇게 말하며 유이의 머리를 쓰다듬었다.

"……응. 미안해, 겁쟁이라."

"그렇지 않아요. 누구에게나 그런 날은 있거든요."

"고마워……."

유이는 코토리 가슴에 얼굴을 묻었다. 그 작은 몸을 꼭 껴안는 코토리.

'……정말. 모녀지간이 따로 없네.'

조금 맥이 빠진 얼굴로, 하지만 어딘가 마음 한편이 따뜻해지는 심정으로 유키는 그런 생각을 했다.

'자, 그럼…….'

유키는 벽장을 열어 그 안에서 이불을 꺼냈다.

오랜만에 꺼내는 이불이다. 마지막으로 사용한 건 코토리가 옆집으로 이사하기 전이다. 그 후로 벌써 두 달 가까이 지났는데 마치 어제 일처럼 생생했다.

그런 생각을 하고 있는데, 유이가 코토리 가슴팍에서 고개를 들고 물었다.

"……유키, 뭐 해?"

"응? 나도 이제 잘 거니까 이불 깔려고. 오늘은 둘이서 침대 써."

"……."

유이가 눈썹을 살짝 좁혔다. 그 표정의 변화가 무엇을 의미하는지 유키는 알 수 없었다. 하지만 유이가 딱 한 마디.

"……유키는 같이 안 자?"

그 말만을 던졌다.

"어?"

"……."

유이가 말없이 이쪽을 바라본다.

"아무래도 그건 좀……."

여자친구인 코토리라면 몰라도 다른 어린아이와 함께 자는 건 여러모로 위험하지 않을까.

"……."

하지만 유이는 여전히 아무 말 없이 이쪽을 바라보았다.

그리고 그 표정은 아주 조금 불안해 보이는 것 같았다.

"괜찮지 않을까요? 유키 씨."

그렇게 말한 것은 코토리였다.
“코토리?”
“셋이 자는 게 더 따뜻해요.”
코토리가 약간 장난스러운 어조로 그렇게 말했다.
“……(빤히).”
그리고 여전히 이쪽을 바라보고 있는 유이.
“아아, 정말이지, 알았어.”
유키는 한숨을 내쉬고 벽장을 닫았다.
“그보다 셋이면 역시 좁지 않을까?”
“붙으면 괜찮아요.”
코토리는 그렇게 말하더니 침대 위에 누워 벽가 쪽으로 이동했다.
“…….”
유이도 침대 위로 올라가 꾸물꾸물 움직이더니 코토리 옆에 눕는다.
“오세요, 유키 씨.”
코토리가 빈 공간을 가리키더니 미소를 지으며 그렇게 말했다.
유이도 코토리의 말에 반응하듯 함께 손짓하고 있다.
“……뭐, 가끔은 이런 것도 괜찮겠지.”
결국 체념한 유키는 방의 불을 껐다. 달빛이 세 사람을 희미하게 비췄다.
이미 잘 준비는 끝났다. 이제 잠만 자면 된다.

유키도 빈 공간에 누웠다.

"좀 좁네, 역시."

"더 붙어요, 유키 씨."

"유이는 그래도 괜찮아?"

"……응. 따뜻한 편이 좋아."

"그렇구나."

유키는 시키는 대로 두 사람과의 거리를 좁혔다. 코토리의 얼굴이 가까워지고 몸에 유이의 따뜻한 체온이 닿았다. 응. 이거라면 조금 좁지만 잠을 못 잘 정도는 아니다.

"이불은 하나만 있으면 되겠네."

사람의 체온으로 이미 충분히 따뜻했다. 유키는 얇은 이불을 세 사람에게 덮어주었다.

그 바람에 유이의 몸이 완전히 파묻히고 말았다. 유이는 이불 속에서 꾸물꾸물 움직이더니 얼굴만 빼꼼 내밀었다.

"……유키, 좁지 않아?"

"응? 아아, 괜찮아."

이럴 때도 남을 배려하다니 정말 착한 아이구나.

유키도 물어보기로 했다.

"저기, 유이. 이제 안 무서워졌어?"

"……."

유키가 그렇게 묻자 유이는 아까 코토리에게 했던 것처럼 이번엔 유키의 가슴에 얼굴을 파묻어 왔다.

"……응. 무섭지 않아. 따뜻해."

"그렇구나……. 그럼 다행이다."

유키가 자연스럽게 유이의 금빛 머리카락을 쓰다듬었다. 유이가 기분 좋은 듯 눈을 가늘게 뜬 뒤, 안심한 얼굴로 천천히 눈을 감았다.

'아, 내가 해도 안심해 주는구나.'

자연스럽게 그런 감상이 떠올랐다. 몇 번인가 코토리가 유이에게 이렇게 해주는 것은 본 적이 있다.

다만 퇴근길이 늦는 유키는 아직까지 함께 있는 시간이 길지 않았다. 그래서 자신이 해도 유이가 편안함을 느낄 거라는 이미지가 떠오르지 않았던 것이다.

……하지만 아무래도 기우였던 것 같다.

실제로 이렇게 유이는 편안하게 숨을 내쉬고 있으니.

"……나는 내 생각보다 유이한테 더 신뢰를 받고 있던 건가 봐."

유이의 잠든 얼굴을 보며 유키가 그렇게 중얼거렸다.

"당연하죠."

유이를 사이에 두고 건너편에 있는 코토리가 유이를 깨우지 않도록 작은 소리로 중얼거렸다.

"유키 씨는 상냥하니까요."

"상냥하다라……. 나한테는 별로 그런 이미지가 없어서."

"그런가요?"

"응, 코토리를 만나기 전까진 알바랑 공부만 하느라 딱히 타인에 관한 생각은 안 했으니까."

"아아, 그렇죠."

정말로 그때는 여유가 없었다. 어쨌든 목표를 위해 노력이라는 인풋만 부여받은 기계처럼 무기질적인 날들의 연속이었다.

솔직히 반 애들의 얼굴조차 오타니 외에는 거의 기억하지 못했을 정도다.

그런데 지금은 이렇게 코토리나 유이와 함께 이불 속에서 잠을 자고 있다.

조금 현실감이 들지 않았다.

"……하지만 유키 씨."

코토리는 그렇게 말하더니 유이의 머리를 쓰다듬던 유키의 손에 자신의 손을 포갰다.

"제가 아는 건 따뜻한 유키 씨 뿐이에요."

"코토리……."

"그건 유이 양에게도 전해졌을 거예요. 유키 씨는 상냥한 사람이에요. 자신감을 가지세요."

코토리는 유키의 눈을 똑바로 보며 그렇게 말했다.

상냥한, 정말이지 상냥한 표정이었다.

'……하하, 적어도 상냥함에 있어선 코토리에겐 못 당해낼 거야.'

그런 생각을 하고 있는데, 작은 소리가 들려왔다.

"……으응."

유이가 살짝 괴로운 얼굴을 하고 있었다.

"유이 양, 또 무서운 꿈이라도 꾸는 걸까요?"

이번에는 코토리도 유이의 등을 부드럽게 어루만졌다. 얼마 후 유이는 다시 차분함을 되찾았다.

"……역시 엄마네."

"정말, 우연이에요."

유키의 농담에 코토리가 작게 웃으며 답했다. 그리고 유이가 한마디 보탰다.

"……엄마."

그러더니 다시 깊은 숨을 내쉬기 시작했다.

"……."

"……."

유키와 코토리는 서로의 얼굴을 마주 보았다.

"……그러고 보니 유이의 부모님은 어떤 분일까?"

새삼 그런 의문이 들었다.

"코토리, 뭔가 들은 거 있어?"

"……아니요."

코토리는 고개를 저었다.

"하지만 아빠는 돌아가셨다고 들었어요."

"……그래."

이 어린아이도 유키나 코토리와 마찬가지로 부모를 잃은 과거가 있는 듯했다.

"……부모라."

유키는 그렇게 중얼거렸다.

◇

유키에게 부모라는 것은 '참견이 많은 존재'였다.

특히 아버지. 유키가 어머니 뱃속에 있을 때부터 "이 녀석은 장차 프로야구 선수로 만들 거다"라는 둥 시대착오적인 발언을 하던 아버지는 유키가 태어나자마자 그것을 실행에 옮겼다.

처음 장난감 공을 넘겨받은 게 한 살, 다음 해에는 장난감 방망이를 휘둘렀다. 네 살 때는 아버지에게 근처 공원에 끌려가 연습, 연습, 연습의 연속인 나날.

무서울 정도로 철저한 사람이었다.

『그럴 틈이 있으면 이거라도 읽어라.』

유키가 숙제를 하고 있을 때조차 프로야구 선수의 에세이나 야구 기술서나 스포츠 과학책을 건네받았을 정도였다. 그러다 보니 일곱 살에 리틀리그에 들어갔을 때만 해도 또래에 비해 움직임이 좋고 야구에 대한 이해도가 높아 감독이 눈을 휘둥그레 떴을 정도였다.

다행히 유키 본인도 야구를 싫어하지 않았기 때문에 힘들었냐고 하면 엄청나게 힘들긴 했지만 괴롭진 않았다. 그래도 지금 생각하면 상당히 막무가내인 아버지였다.

국가에 따라서는 과한 간섭으로 어린이의 인권을 침해한다는 말을 들을 수도 있었던 수준. 그에 반해 유이의 엄마는 어떤가.
이쪽은 유키의 아버지와 완전히 정반대의 존재라고 할 수 있었다.
전혀 집에 돌아오지 않는 부모. 유키가 본 것과는 거리가 먼 존재다.
그래서 대체 그것이 어떤 인물인지 이미지가 쉽게 떠오르지 않았다.
이야기만 들으면 어디 회사의 사장인 것 같은데…….
그러나 생각보다 일찍, 유키는 유이의 엄마와 대면하게 되었다.

◇

그것은 유이와 코토리 셋이서 함께 잠든 다음 날의 일이었다.
그날은 토요일. 유이는 학교 수학여행에 갔다.
유키는 코토리와 함께 평소처럼 아침을 먹고 있었다.
학교는 쉬는 날이고 오늘 유키의 일은 점심 전에 시작하기 때문에 느긋하게 코토리와 식사를 할 수 있다.
그때였다.
딩동.
초인종이 울렸다.
"누구지? 이렇게 이른 시간에……."

유키가 젓가락을 두고 현관으로 가려고 했는데, 그보다도 빨리 코토리가 몸을 일으킨 상태였다.

"아, 그럼 부탁할게."

코토리는 자연스러운 미소로 고개를 끄덕이며 현관 쪽으로 걸어갔다.

어제 유이가 왔을 때도 그랬지만, 평소 집에서 택배 같은 것을 받고 있는 코토리의 움직임은 따라잡을 수 없었다.

집안일도 도맡아 해주고 있고, 어느샌가 유키는 집에서 가부장적인 남편 같은 상태가 돼 버리고 말았다.

'……다음에 또 코토리가 좋아하는 음식이라도 사 올까?'

시간도 가사 능력도 없는 남자의 슬픈 선택이었다.

그런 생각을 하고 있는데, 현관에서 당황한 듯한 코토리의 목소리가 들려왔다.

──앗, 아, 네. 저야말로.

그 후 코토리가 거실 쪽으로 돌아오며 말했다.

"유키 씨, 유이 양의 어머님이세요."

"……어?"

"헬로, 네가 유키 군이구나."

허스키하고 깊은 목소리를 가진 금발의 여인이 유키의

이름을 불렀다.
나이는 생각보다 젊다. 30대 초반 정도 됐을까.
"인사할게. 난 호리이 미나야. 잘 부탁해."
오른손을 내밀며 유이의 엄마, 미나가 그렇게 말했다.
"저야말로 잘 부탁드려요. 유키 유스케입니다."
유키는 악수에 응하며 미나를 보았다.
'……이 사람이 유이의 엄마인가.'
유이의 엄마는 완벽한 외국인이었다.
키는 유키보다 크고 손발도 늘씬하고 길다. 가슴은 새빨간 드레스 슈트가 밀려 올라갈 정도로 큰데 허리는 꽉 조여져 있어 일종의 예술품 같은 비율이었다. 머리는 웨이브진 장발에 선명한 플래티넘 금발.
그리고 선이 뚜렷하고 늠름한 얼굴에는 활력과 자신감이 넘쳤다.
강렬한 매력과 닿기 어려운 강인함을 동시에 지닌 외모였다.
한마디로 인상을 표현하면 '능력 있는 외국인 여성 경영자'일까.
"늘 유이가 신세를 진다고 효도한테 얘기는 들었어. 인사가 늦어서 미안해. 그건 그렇고……."
미나는 생글생글 웃는 얼굴로 유키와 코토리를 번갈아 바라보며 말했다.
"너희는 동거하고 있니? 요즘 고등학생들은 빠르구나."

"아뇨, 코토리 집은 옆집인데요."

뭐, 실제로는 잘 때 빼고는 거의 유키의 집에서 지내고 있었기에 거의 동거나 다름없었지만.

게다가 얼마 전 함께 잔 이후부터는 가끔 한 침대에서 자기도 한다.

따님과도 함께 잤다는 건 지금은 말하지 말자.

"그건 그렇고 자, 받으렴."

미나가 품에서 봉투를 꺼냈다.

"뭐예요?"

"유이 생활비야. 매번 드나들고 있고 밥도 같이 먹는다며?"

"아…… 아이 한 명 늘어나는 것 정도는 그렇게 부담스럽지 않습니다."

애초에 매일 같이 아르바이트만 하고 있으니 코토리 몫에 더해진다 해도 저축금은 꽤 많은 정도였다.

"흐음, 욕심이 없네. 그래도 빚만 지는 건 영 성미에 안 맞아. 받아주면 오히려 내가 편할 거야."

미나는 그렇게 말하고는 다시 한번 봉투를 유키 쪽으로 내밀었다.

"……뭐, 그런 거라면."

그렇게 말하고 유키가 봉투를 받으려 했다.

'잠깐만, 얼마나 두꺼운 거야. 십만, 이십만 수준이 아닌데.'

봉투를 든 손에 단단한 무게가 느껴질 정도였다.

“죄송합니다. 아무리 그래도 이 정도는 못 받습니다.”

“정말 겸손하네. 그럼 뭐, 일단 이번 달치로 이 정도면 어떨까?”

미나는 봉투에서 다섯 장 정도의 지폐를 꺼내 유키 쪽으로 내보였다.

“네, 그 정도라면 괜찮아요. 받는 처지에 까다롭게 굴어 죄송합니다.”

유키는 고개를 숙여 받았다.

“아니, 나야말로 무례했어. 그 나이에 야무지구나, 대단한 거야.”

손을 팔랑거리며 웃는 미나. 거침이 없는 사람이다.

“저도 감사합니다.”

코토리도 고개를 숙인다.

그리고 유키가 받은 돈을 보며 말했다.

“하지만 유이 양의 식비만으로 쓰기엔 꽤 남을 것 같네요……. 그렇지, 유키 씨. 다음에 유이 양과 함께 고급 고기를 사서 불고기 전골이라도 어때요?”

“오, 좋네. 유이는 배부르게 먹는 걸 좋아하니까 마음에 들어 할 거야.”

“……흐음.”

미나는 다시 유키와 코토리를 보며 감탄한 듯 신음했다.

“왜 그러세요? 미나 씨.”

"아니……. '유이가 좋아할 만한 일'을 그렇게 즐겁게 얘기하니까. 너희들은 정말 유이를 아껴주는구나. 효도한테 이야기는 들었지만, 정말 두 손 두 발 다 들었어. 나보다 훨씬 더 부모 같아."

미나는 팔짱을 끼더니 "흐음" 하고 신음했다.

"이대로 한심하게 빚만 지고 있을 순 없고……."

"아니, 그렇게 신경 쓰지 않으셔도 돼요."

"맞아요. 저희도 하고 싶어서 하는 거니까요."

"좋아, 이렇게 하자!"

미나가 짝 하고 손뼉을 쳤다.

"둘 다 다음 휴일은 언제니? 딸을 돌봐준 감사도 하고, 이웃 간 친목도 다질 겸 내가 디너를 대접할게. 큰돈을 직접 받는 건 부담스러울 테니 이거라면 괜찮겠지?"

꽤 열의가 담긴 프레젠테이션에 유키는 조금 압도당했다.

역시 비즈니스맨, 이라는 느낌이었다.

"네, 뭐 그거라면……."

유키가 코토리 쪽을 보았다.

코토리가 가볍게 고개를 끄덕였다. 저도 괜찮아요, 라는 뜻이었다.

"잠시만요. 다음 휴일이 언제더라."

유키는 스마트폰 달력 앱을 켜서 예정을 확인했다.

"어디 볼까, 내가 시간을 낼 수 있는 날이랑 겹치면 좋겠는데…… 잠깐, 이게 뭐야."

유키의 예정표를 옆에서 들여다본 미나가 그렇게 말했다.

"너 정말 고등학생 맞니? 이번 달에 제대로 된 휴일이 하루도 없잖아."

"미나 씨도 이렇지 않나요?"

"아니, 그건 그렇지만……."

약간 어이없다는 표정을 짓는 미나.

"마침 내일 저녁 이후에는 시간이 비는 것 같네. 나도 그때라면 시간을 낼 수 있어."

"하지만 내일이면 유이가 아직 수학여행에서 돌아오지 않았을 때네요."

유키의 그 말에 미나가 고개를 갸우뚱했다.

"응? 유이?"

"네. 가능하면 유이도 넣어서 넷이 먹으면 좋지 않을까 했거든요."

"아…… 그런 뜻이었구나. 응, 다른 날엔 시간이 안 될 것 같아. 유이가 못 오는 건 아쉽지만 가능하다면 내일로 해주면 고맙겠구나."

방금까지의 거침없던 기세와 달리 조금 어색한 얼굴로 그런 말을 하는 미나.

'……그런가. 뭐 바쁠 테니까.'

유이한테는 좀 미안하지만 이번에는 나랑 코토리만 대

접을 받기로 할까.

"결정이네. 오너를 좀 재촉하긴 하겠지만, 바로 예약할게."

그리하여 갑작스럽게 유이의 엄마에게 저녁을 대접받게 되었다.

◇

그리고 다음 날.

저녁 전에 공부와 일을 마친 유키는 코토리와 함께 집을 나섰다.

미나는 "편안한 차림으로 와도 괜찮아"라고 했지만, 아마 꽤 고급스러운 곳으로 데려가지 않을까 하는 생각에 유키도 코토리도 교복을 입고 가기로 했다.

미나와의 약속 장소인 근처 편의점에 도착했다.

유키네 아파트에도 거주자 주차장이 있지만 다소 좁고 차량 통행도 많아 가까운 이 편의점이 만나기에는 더 편리했다.

10분 정도 기다리자 미나가 차로 다가왔다.

"……끝내준다. 검은색 고급 세단은 처음 봤어."

영화나 드라마에 나올 법한, 번쩍번쩍 광이 나는 그런 차였다.

"저도 오랜만에 봤어요……."

코토리가 그런 말을 중얼거렸다.

"오랜만?"

"네, 아버지가 이런 느낌의 차를 타셨거든요. 어머니가 사고를 당하신 후로는 운전을 안 하게 돼서 팔아 버린 것 같지만요."

과연, 역시 전 1군에서 활약하던 프로야구 선수답다.

"헬로, 유키 군이랑 코토리 양. 자, 얼른 타."

조수석 창문으로 얼굴을 내민 미나가 손짓했다.

잠시 멍하니 있던 유키는 그 말을 듣고 서둘러 차에 올라탔다.

'……시트가 너무 편안해서 오히려 불편해.'

서민스러운 느낌을 풀풀 내고 있는 유키.

너무 푹신해서 반대로 위화감을 느껴버린 것이다.

"그럼 부탁할게, 효도."

"알겠습니다, 사장님."

운전석에 타고 있는 것은 유이와 집 앞에서 기다리다가 만난 성실해 보이는 여자였다. 이름이 분명 효도였나? 아마 미나의 비서쯤 되는 사람 같았다.

그나저나 검은색 세단에 비서에 사장님이라는 호칭까지…….

"……역시 미나 씨는 엄청난 부자죠?"

"나름대로는."

미나가 히죽 웃더니 그렇게 말했다.

유키 같은 서민의 감각으로 보기엔 '나름'의 수준은 넘은 것 같았으나, 뭐 부자도 위에는 그 위가 있다는 거겠지.

유키는 전부터 궁금했던 것을 물어보기로 했다.

“근데 왜 이런 아파트로 이사 오신 건가요?”

유키와 코토리가 사는 아파트는 엄청나게 낡거나 저렴한 정도는 아니었지만, 유키가 특대생의 월세 보조금 범위 내에서 살 수 있는 정도의 장소였다.

“일터랑 제일 가깝고 바로 입주할 수 있었거든. 게다가 유이의 학교와도 가깝고.”

“그렇군요.”

“애초에 나는 집에 잘 들어가지 않는 데다 딱히 사는 곳에 돈을 들이는 스타일이 아냐. 뭐, 그래도 유이도 있으니 보안 같은 걸 생각해서 조금 먼 맨션으로 할까 했는데, 유이가 가까우니까 여기도 괜찮다고 하길래.”

그렇게 말한 미나는 웃으며 어깨를 으쓱했다.

확실히 유이는 살 집이 넓은 것에 크게 연연하지 않을 것 같았다. 유키는 그녀가 스마트폰 화면을 보고 있는 모습을 떠올리며 그런 생각을 했다.

“여러분, 속도를 낼 테니 안전벨트 잊지 마세요.”

운전자 효도의 쿨한 목소리와 함께 고급 세단이 부드럽게 나아갔다.

◇

미나의 고급 차에 한 번 놀란 유키는 목적지에 도착해 한 번 더 놀라고 말았다. 고속도로를 달려 방문한 곳은 고층 빌딩의 호텔 레스토랑이었다.

"……크, 크다. 목이 아플 지경이야."

유키는 눈앞에 우뚝 솟은, 몇 층짜리 건물인지 셀 수 없을 정도로 높은 호텔을 올려다보았다.

"그러게요."

코토리는 그렇게 말하면서도 그렇게 압도당하는 기색은 없었다.

그게 신기해 물어보자 그녀가 답해주었다.

"어렸을 땐 어머니와 함께 이런 곳에 데려와 주신 적이 있거든요."

아까 차 안에서 들은 이야기에 의하면 코토리 아버지는 코토리의 어머니와 결혼한 뒤엔 차를 사는 것 외에 크게 낭비하지 않는 타입이었다고 한다. 어쩌면 팀 우승 여행 같은 것으로 간 것일지도 모른다.

"하하하! 자자, 두 사람 다 굳어 있지 말고 얼른 들어가. 여기서부터 놀라면 요리가 나오기 전까지 몸이 못 버틸걸?"

빌딩을 올려다보며 입을 떡 벌리고 있는 서민 대표 유키와는 대조적으로 미나는 익숙한 몸짓으로 입구 쪽으로 걸어갔다.

유키와 코토리도 황급히 두 사람의 뒤를 따랐다.

◇

"와, 최고층이야. 차가 저렇게나 작아 보이다니……."

조금 전까지만 해도 올려다보고 있었는데 이번에는 내려다보고 있었다.

고층 빌딩이란 목에 부담이 되는 건물이었다.

"환영합니다. 어서 오시지요, 미나 님."

유키 일행이 식당에 들어서자 가게 오너로 보이는 사람이 인사를 해왔다.

"오너, 오랜만이야. 3층 홀 이벤트 활용도 순조로운가 보네."

"네, 미나 님께서 조언해주신 덕분입니다."

"그렇지 않아. 아이디어 같은 건 누구나 낼 수 있고 그 자체로는 가치가 없지. 가치가 있는 건 그걸 실제로 실현하는 행동이야."

"그렇게 말씀해 주시니 저희도 자신감이 드는군요. 어서 들어오시죠, 오늘 밤은 일행분들과 편히 식사하시길 바랍니다."

오너는 그렇게 말하며 우아한 동작으로 유키 일행을 향해 인사했다.

유키는 저도 모르게 따라 인사했다.

생각해 보면 유키 일행은 가게 측의 내빈이었으니 이런

상황에서는 가볍게 인사하는 정도로도 괜찮았다. 하지만 일개 고등학생에게 VIP 대접은 익숙하지 않았다.

그래서 자연스레 이쪽도 고개가 숙여졌다.

보니 코토리도 멈춰 서서 오너만큼이나 깊고 정중하게 인사하고 있었다.

너무나도 정중한 행동에 오너가 더 당황했을 정도다.

이런 부분은 이런 자리를 이미 경험했더라도 코토리답구나. 그런 생각을 하자 입가에 절로 미소가 지어졌다.

유키 일행은 주인의 안내를 받아 새하얀 크로스가 깔린 테이블에 앉았다.

“자, 사양 말고 먹으렴. 여기 음식 맛은 내가 보증할게. 유감스럽게도 알코올까진 너희에게 줄 수 없지만 음료도 마음껏 시켜.”

“그건 감사합니다…… 그보다 교복을 입고 와도 괜찮았던 건가요?”

“신경 쓰는 사람도 있겠지만 나는 딱히 상관없다고 생각하는 타입이야. 실내복이나 운동복 같은 걸 입고 와도 신경 안 써.”

“그건 역시 이쪽이 신경 쓰여요…….”

그런 말을 하고 있는 사이에 차례차례 음식이 서빙되었다.

‘그보다 이건 어떻게 먹는 거지?’

친가인 유키 집안에서의 테이블 매너는 『씩씩하게 ‘잘 먹겠습니다'라고 말한 뒤 맛있게 먹고 감사를 담아 '잘 먹었습니다'라고 말하는 것』 정도였다.

깔끔하게 늘어선 포크와 나이프 몇 벌. 밖에서부터 쓰는 거였나?

그런 유키를 뒤로하고 미나가 이내 익숙한 손놀림으로 음식을 입에 넣었다.

"그럼 잘 먹겠습니다……. 응. 변함없이 맛있어!"

미나는 만족스러운 얼굴로 그렇게 말하고는 잔에 담긴 레드와인을 꿀꺽꿀꺽 들이켰다.

꽤나 복스럽게 먹는 사람이다. 유키 집안의 매너로 보자면 만점이었다.

아마 호쾌해 보이지만 그러면서도 테이블 매너는 잘 지키고 있으리라.

옆을 보니 코토리도 시간이 꽤 지나 별로 자신이 없는지, 조금 어색해하면서도 단정한 손놀림으로 식사를 시작하고 있었다.

'아, 코토리가 식사할 때 움직임 하나하나가 예의 바르게 느껴졌던 건, 이런 걸로 생긴 습관이었구나.'

일단 코토리와 미나의 모습을 따라 유키도 음식을 입에 넣기 시작했다.

유키 기준으로는 무슨 요리인지 전혀 알 수 없는, 서양 글자가 들어간 긴 이름의 요리가 줄줄이 나왔다.

맛에 관해서는…….

'과연, 정말 맛있긴 하네.'

솔직히 말해 유키는 이런 레스토랑은 분위기나 접객을 중시해서 맛은 별로일 것이라고 멋대로 지레짐작하고 있었다. 그런데 막상 뚜껑을 열어보니 전혀 그렇지 않았다.

우아한 동작으로 종업원이 가져오는 요리를 차례차례 먹어나가자 세세하게 계산된 맛의 향연이 차례차례 혀 위에서 녹아내렸다.

맛있는 것은 당연했고 나아가 먹는 것이 재미있었다. 식사라는 것이 하나의 엔터테인먼트 같았다. 옆을 보니 코토리와 눈이 마주쳤다.

코토리도 음식을 먹으며 놀란 것인지 눈을 동그랗게 뜨고 있었다. 아무래도 고급 레스토랑 중에서도 상당히 수준이 높은 듯했다.

그런 유키 일행의 모습을 보고 미나는 빙긋 웃으며 즐거워했다.

"후후후. 어때, 맛있지?"

대놓고 자신감에 넘치는 얼굴이었다.

"그러게요. 정말 맛있네요."

"……저도요, 깜짝 놀랐어요."

"그렇지, 그렇지? 나는 여기 음식이 일본에서 제일이라고 생각해."

마치 장난에 성공한 아이처럼 경쾌한 목소리로 말하는 미나.

당찬 느낌의 수완가 여사장다운 외모와의 갭 때문일까, 묘하게 귀엽다는 느낌도 들었다.

"저도 지금까지 먹어본 음식 중에 제일 맛있는 것 같아요……."

코토리가 그런 말을 했다. 요리를 잘하는 사람이라 이곳 셰프의 훌륭함을 더 잘 느낄 수 있는 걸까.

"저도요……. 뭐, 제일은 아니지만요."

"오? 유키 군은 여기보다 더 맛있는 곳을 알고 있는 건가?"

"네? 아~, 아뇨."

아뿔싸 하고 유키가 뺨을 긁적였다.

무심코 쓸데없는 말을 하고 말았다.

"뭐야, 궁금하네."

"저도 좀 궁금하네요."

코토리도 그런 말을 했다.

"그건 꼭, 저도 공부를 위해 여쭙고 싶군요. 어디의 어떤 음식입니까?"

덤으로 옆에 있던 식당 오너까지 질문해 온다.

세 사람의 시선을 받게 된 유키. 아무래도 도망갈 곳은 없는 것 같다.

'……뭐, 말해도 상관없나?'

"그게……."

유키가 코토리 쪽을 바라보았다. 코토리가 의아한 얼굴로 고개를 갸우뚱했다.

"……코토리가 만든 카레, 그리고 우동 전골."

"자, 잠깐, 유키 씨! 무슨 소릴 하시는 거예요?"

코토리가 얼굴을 붉힌 채 입가를 누르며 빈손으로 팡팡 어깨를 때렸다.

"아니, 그치만 사실인걸."

실제로 코토리가 만드는 카레는 유키의 취향을 완벽하게 모두 꿰뚫은 듯한 맛이었다. 그리고 우동 전골은 처음으로 코토리가 만들어 준 요리였다. 지금도 먹을 때마다 그때의 기쁨이 되살아난다.

유키가 미나 쪽을 바라보았다.

미나는 잠시 눈을 깜박이며 유키와 코토리를 번갈아 보는가 싶더니.

"하하하하하하!"

박장대소하기 시작했다.

"이거 한 방 먹었네. 그렇지, 아무리 이곳의 맛이라도 그런 건 이길 수 없겠지. 아니, 너무 쉽게 넘버원이라는 말을 해서 미안해. 그렇다는데, 오너? 아직 수행이 더 필요하겠어."

오너도 흐뭇한 얼굴로 미소 지으며 입을 열었다.

"네, 맞는 말씀입니다. 셰프들에게 더 열심히 연구에 힘쓰라고 해야겠군요."

"아니, 아니에요. 그보다 코토리의 요리가 초월적으로 최고인 것뿐이지 여기 맛은 그 다음으로는 단연코 최고라

고 생각합니다."

유키가 진지한 목소리로 그런 말을 하자 미나는 다시금 크게 웃으며 손뼉을 쳤다.

"……이제 저도 몰라요."

코토리는 얼굴을 붉히며 눈앞의 화이트 소스가 뿌려진 햄버그를 입에 넣었다.

◇

"아, 그럼 어렸을 때는 뉴욕에 살았군요."

"맞아, TV로 양키스 경기 보는 게 어린 시절 즐거움 중 하나였지. 회사 시작했을 때도 숨 돌리러 근처 배팅 센터에 자주 갔었어. 다음에 유키 군이 던지는 공을 꼭 쳐보고 싶네."

이후에도 의외로 미나가 야구를 좋아했다는 사실에 자연스럽게 이야기가 달아올랐다. 그렇게 유키는 식사와 함께 미나와의 대화를 즐겼다.

"……후우. 여긴 야경도 아름답네요."

식사가 일단락되자 다시 창밖을 내다보았다.

조금 전에는 높이에 압도되어 느끼지 못했는데 밤거리를 비추는 빌딩 무리의 빛이 선명했다.

"그렇지? 매일 일로 바쁘긴 하지만, 먹고 싶을 때 여기서 식사를 할 수 있다는 게 나름대로 벌고 있어서 그런 거라 생각하면 썩 나쁜 기분은 아냐."

그런 말을 하면서도 식사 중에도 일에 대해 이야기하는 미나는 즐거워 보였다.

아마 타고난 워커홀릭인 듯했다.

"덕분에 집에 자주 못 가서 딸을 혼자 두고 있지만. 육아에 전념하고 있는 이 세상 어머니들에게 고개가 절로 숙여질 정도야. 워크 라이프 밸런스 따위는 생각조차 안 하는 업무 방식이니까…… 이런 부족한 사람이지만 앞으로도 이웃으로서 사이좋게 지내주면 기쁘겠어."

그렇게 말하며 장난스럽게 고개를 숙였다.

"아, 아뇨. 부탁하지 않으셔도 당연히 그래야죠."

누가 봐도 농담이라는 것은 알았지만, 코토리는 타인이 고개를 숙이는 것이 익숙하지 않은 것인지 당황한 눈치였다.

"뭐, 그렇겠죠. 평범하게 살면서 할 수 있는 노력만으로는 승부의 세계에서 상대도 안 될 테니까요."

반면 유키는 정말 태연하게 그리 말했다.

"……."

"……."

"……왜 그래요, 두 사람 다 말없이?"

대답한 것은 코토리였다.

"뭐랄까, 저기…… 유키 씨답네요."

"무슨 뜻이야?"

영문을 몰라 고개를 갸우뚱하는 유키.

당연한 말을 했을 뿐인데…….

"크크크, 하하하! 내가 네 나이였을 때도 그런 말을 할 수 있었으려나?"

갑자기 텐션이 최고치로 오른 미나에게 펑펑 등을 맞는 유키.

"아파요, 미나 씨."

미나가 진지한 눈으로 말했다.

"음…… 마음에 들어, 유키 군. 졸업하면 우리 회사로 올래?"

"네? 아뇨, 마음은 감사하지만 장래에는 의사가 되고 싶습니다."

"에이, 그래? 그거 아쉽네."

어째서인지 미나의 마음에 들어버린 유키였다.

◇

"자유는~ 우리의 손에~ 돌아오리라 용감하게~♪"

레스토랑에서 돌아오는 차 안, 미나는 경쾌하게 노래를 부르고 있었다.

부르는 것은 미나의 회사에서 최근에 발매한 게임의 주제가라고 한다. 그러고 보니 유키도 동영상을 보다가 광고를 본 기억이 났다.

"기분이 좋으시군요, 사장님."

가는 길과 마찬가지로 운전을 담당하는 효도가 담담한 목소리로 그렇게 말했다.

"하하하, 젊은 세대의 저력을 봤잖아. 이 나이가 되면 그런 것에 더 기뻐지는 법이지."

발랄한 목소리로 그렇게 말하고는 다시 노래를 흥얼거리는 미나.

유키와 코토리는 그걸 들으며 차에 몸을 싣고 있다가, 정신을 차려보니 어느새 편의점 주차장에 도착해 있었다.

"도착했습니다. 수고 많으셨어요."

효도가 파킹 브레이크를 넣으며 유키 일행을 향해 그렇게 말했다.

"오늘 감사했습니다. 정말 맛있었어요."

유키는 미나에게 고개를 숙였다.

"효도 씨도 운전해주셔서 감사합니다."

코토리는 효도에게도 감사를 표했다.

"일이니까…… 신경 쓰지 마세요."

효도는 흘러내린 안경을 고쳐 올리며 그렇게 말했다.

미나가 유키에게 말했다.

"이야~, 그건 그렇고 젊고 열정 있는 애랑 얘기했더니 이쪽까지 기운이 나는 것 같네. 다음에 또 시간이 나면 초대할게."

"아, 네. 감사합니다."

"……응? 왜 그래, 유키 군? 딱히 마음이 안 내키면 다음 권유는 거절해도 괜찮아."

미나는 유키가 무언가 생각에 잠긴 것을 알아차리고 그런 말을 해왔다.

사실 식사 도중부터 신경 쓰이던 것이 있었다.

"아, 아뇨, 그런 건 아니고…… 음, 비슷하긴 하네요."

유키는 조금 망설였지만 이내 물어보았다.

"그 레스토랑에는 자주 간다고 하셨죠."

"그렇지."

"유이랑 가기도 하나요?"

"아—."

미나는 조금 곤란한 표정으로 머리를 긁었다.

"아니, 유이를 데리고 간 적은 없어."

어쩐지 그렇지 않을까 했는데 아무래도 예상이 맞았나 보다.

"왜 유이를 안 부르시는 건가요?"

그래서 괜한 참견이라는 것을 알면서도 유키는 미나에게 그렇게 물었다.

어쩌면 민감한 질문일지도 모른다. 그러나 그날 밤 이불 속에서 "엄마"라고 중얼거리던 유이를 생각하면 물어보지 않을 수가 없었다. 미나는 체념한 듯 머리를 긁적이더니 입을 열었다.

"음, 뭐, 부모로서 정말 한심한 얘기지만."

그 후 미나가 한 말은 유키의 예상을 완전히 벗어난 것이었다.
“유이가 날 별로 좋아하지 않거든…….”
“네?”
유키는 무심코 그렇게 말했다.
“그렇진 않을 것 같은데요…….”
“아니, 정말이야. 전에 놀이공원 카탈로그를 보다가 데려가 줄까 물었더니 거절당했고.”
“그런가요?”
유이는 기본적으로 무엇이든 잘 호응해준다. 그런 유이가 거절했다면 정말 그런 거 아닐까? 미나는 유키의 어깨를 두드리며 말했다.
“그러니까 유이가 좋아하는 너희들이 있어줘서 정말 고마워. 가능하다면 앞으로도 유이를 신경 써줬으면 좋겠어.”
“그건…… 물론이죠.”
“그럼, 나는 이만. 실은 아직 처리해야 할 일이 있거든.”
미나는 그 말만을 남기고 창문을 닫았다. 차는 그 자리에서 움직여 달려갔다.

◇

“……후.”
유키는 집으로 돌아와 한숨을 돌렸다.
“피곤하신가요, 유키 씨?”

"응? 아, 정말 맛있긴 했는데 그런 곳은 별로 익숙하지 않아서."

밖은 완전히 어두워졌지만 평소 유키가 돌아오는 시간보다는 조금 빨랐다. 평소 같으면 돌아오자마자 목욕을 했을 텐데, 오늘은 공부를 조금 한 뒤 할 생각이었다.

유키는 가방 속에서 공부 도구들을 꺼내며 말했다.

"그건 그렇고 코토리는 그런 데 익숙해 보이더라. 매너도 확실하고. 역시 어렸을 때 시미즈 일로 그런 곳에 자주 가서 그런가?"

한편 코토리는 주방에서 2인분의 따뜻한 차를 끓이고 있었다.

"그런 것도 있지만 어머니가 그런 예절에 확고한 분이셨거든요. 어렸을 때 자주 봤어요."

그녀가 말했다.

그 말에 문득 코토리 어머니에 관한 이야기는 자세히 들어본 적이 없다는 것을 깨달은 유키.

"코토리 어머님은 좋은 집안의 자제분이셨어?"

"음, 그렇게 말할 수도 있겠네요. 아주 시골 쪽에 있는 지주분의 딸이었다는 것 같아요."

"흐음."

그랬다는 것 같다, 라는 말엔 실로 다양한 의미가 포함되어 있지 않을까.

코토리가 아버지에게 학대받고 있을 때 다른 친척들이

아무도 돕지 않았다는 사실도 떠올랐다.

"자, 드세요. 유키 씨. 공부 열심히 하세요."

코토리가 유키 책상에 차를 놓아두었다.

"응, 고마워."

……뭐, 그에 관한 이야기는 또 다음 기회에 물어볼까.

지금 코토리는 행복해 보인다. 그걸로 충분하니까.

그래서 유키는 '지금' 궁금한 것을 물어보기로 했다.

"……저기, 코토리."

"네, 뭔가요?"

"아까 미나 씨 얘기 말인데, 어떻게 생각해?"

코토리는 자기 몫의 차를 테이블에 두면서 말했다.

"유이 양이 미나 씨를 안 좋아하는 것 같다는 얘기 말인가요?"

고개를 끄덕이는 유키. 코토리는 잠시 생각에 잠기듯 입을 다물고 테이블 앞에 앉았다.

"글쎄요……. 유이 양도 저도 딱히 대화가 많은 스타일은 아니라서 그런 얘기는 못 들었지만, 잘 받아주는 아이니까 놀이공원 초대를 거절했다면 뭔가 이유가 있었을 거라 생각해요."

아무래도 코토리도 유키와 같은 생각이었던 것 같다.

"다만 유이 양이 쉽게 사람을 싫어할 아이는 아니라고 생각해요."

"그렇지. 미나 씨는 좀 억지스러운 부분은 있지만 심성이 나쁜 사람 같지는 않았으니까. 유이가 대놓고 피할 정도로 미움받을 사람처럼은 안 보였어."

점점 더 알 수 없는 유키.

"결국 어느 쪽일까? 유이는 미나 씨와 같이 있고 싶은 걸까 아니면 같이 있고 싶지 않은 걸까?"

"많이 신경 쓰이시나 보네요. 둘 사이의 관계 말이에요."

"아아. 뭐 그렇지. 그도 그럴게……."

유키는 조금 먼 곳을 바라보며 입을 열었다.

"부모라는 건 늘 그 자리에 있을 수 없는 존재잖아. 절대 양립할 수 없는 경우도 있겠지만, 살아 있는 동안 사이좋게 지낼 수 있다면…… 그러는 편이 좋다고 생각해."

아직도 귀에 울리는, 지금은 돌아가신 아버지의 호통 소리를 떠올렸다.

유키는 코토리가 내준 차를 홀짝이며 "후우" 하고 한숨을 내쉬었다.

"그렇다면 물어보는 게 어떨까요?"

코토리가 그런 말을 했다.

"어, 누구한테?"

"유이 양한테요."

"아, 그렇구나……."

확실히 그게 제일 빠른 방법이긴 하다.

그러고 보니 유이가 자신을 피하고 있는 게 아닐까 고민했을 때도 오타니가 같은 말을 했었지.

"그래, 유이가 돌아오면 물어볼까? 뭐, 쓸데없는 참견일지도 모르지만…… 아."

이건 좀 안 좋은 버릇인데.

유키는 지금 자신이 한 말을 되새기며 그런 생각을 했다.

아까 편의점 앞에서 미나에게 유이에 대해 물어보려고 했을 때도 같은 고민을 했다.

유키는 과하게 간섭하던 아버지의 일도 있어서 남에게 참견할 때 "쓸데없는 참견이면 어쩌지?"라며 불안을 느끼는 버릇이 있었다.

내가 정말로 상대방을 위해 하는 일이라면 그런 것에 일일이 신경 쓰지 않고 당당하게 하면 좋을 텐데……. 뭐랄까, 스스로가 별로 멋있지 않게 느껴졌다.

"적어도 저는 유키 씨의 참견이 불필요했던 적은 없어요."

코토리가 기쁜 듯이 미소 지으며 그런 말을 건넸다.

"저는 당신의 참견에 구원받았으니까요. 자신감을 가져주세요."

"코토리……."

거짓 없는 곧은 눈으로 미소를 지어 보이는 코토리.

조금 전까지 안고 있던 사소한 불안감이 코토리의 미소를 보자 어디론가 사라져 버렸다.

"내일은 아까 가기 전에 얘기했던 불고기 전골로 할게요. 맛있는 걸 먹으면서 대화하는 편이 더 수월할 테니까요."

두 손을 모으고 기쁜 얼굴로 그런 말을 하는 코토리를

보고 유키는 문득 떠올렸다.

'……아, 정말 코토리가 여자친구라서 행복해.'

◇

그리고 다음 날.

유키는 아르바이트를 평소보다 조금 일찍 마쳤고, 끝나는 동시에 조금 빠른 걸음으로 귀가했다. 현관문을 열자마자 굴러 들어가는 듯한 기세로 안에 들어섰다.

"……다녀왔어! 미안해, 얘기했던 시간보다 조금 늦었네."

"괜찮아요. 일하느라 고생하셨어요, 유키 씨."

코토리가 현관에 다가와 그렇게 말했다.

"준비 다 됐어요. 유이 양도 기다리고 있어요."

"오, 그래?"

유키는 신발을 벗고 상의를 코토리에게 맡긴 뒤 거실로 향했다.

거실에는 이틀 만에 보는 유이의 모습이 있었다.

"……다녀왔어, 유키."

평소와 다름없는 아가씨 학교 초등부 교복이다.

"그래, 수학여행은 재밌게 보냈어?"

"……응."

그렇게 말하며 가느다란 팔로 알통을 만들어 보이는 유이.

괜찮았다는 뜻이겠지. 알통은 전혀 보이지 않지만.

수학여행의 피로도 없는 것 같고 컨디션도 좋아 보였다.
"후후…… 다녀왔다고 말해주네요."
코토리가 유키의 상의를 옷걸이에 걸면서 기쁜 얼굴로 말했다.
"응, 그게 왜?"
"여길 돌아올 장소라고 생각해 줬다는 거잖아요."
아, 그렇구나.
유키는 고개를 끄덕였다.
'그렇게 생각하니 좀 기쁜걸.'
그건 그렇고, 이런 작은 일에서 기쁨을 찾아내는 코토리 역시 정말 대단하다는 생각이 들었다.
"……좋아, 바로 먹을까?"
테이블 한가운데 놓인 것은 큰 냄비, 그것을 둘러싸고 있는 것은 야채와 두부 등의 재료와 계란. 그리고 한층 더 존재감을 발하고 있는, 평소 사던 것 이상으로 마블링이 서린 소고기.
오늘은 불고기 전골이다.

◇

의외라고 할까, 역시라고 할까, 유이는 처음으로 다 같이 냄비를 둘러싸고 먹는 이 스타일에 당황했다.
말을 들어보니 첫 체험이라고 한다.

코토리한테 "먹고 싶을 때 꺼내서 먹으면 돼요. 그래도 야채랑 고기 다 골고루 먹어야 해요"라는 말을 듣고 나서야 간신히 스스로 냄비에 젓가락을 뻗었을 정도였다.

하지만 한번 먹어보니 마음에 드는 것인지 묵묵히 먹기 시작했다.

참고로 코토리가 만든 불고기 전골은 소고기 전골풍의 흔한 음식이지만, 직접 만든 양념장을 더한 덕에 평소 먹는 것보다 산뜻하고 가벼운 맛이었다.

요점은 아주 맛있다는 것이다. 기름진 비싼 고기도 술술 넘어갔다. 유이가 정신없이 먹는 것도 이해할 수 있는 대목이었다.

'……그건 그렇고.'

유키는 새삼스럽게 생각했다.

이렇게 냄비를 둘러싸고 먹는 게 처음이라는 건, 역시 자신처럼 부모가 집에 있는 가정에서 자란 사람과는 다르다는 거구나.

전에 코토리가 정크푸드를 거의 먹어본 적이 없었다는 것을 알게 되었을 때도 놀랐지만, 이건 이거대로 유키에게는 다른 세계 이야기처럼 느껴졌다.

그리고 그걸 처음 겪어본 유이는 무척 즐거워 보였다.

"……코토리, 달걀 몇 개까지 써도 돼?"

"많이 있으니까 얼마든지 써도 돼요."

"……!"

코토리도 덩달아 아까부터 계속 들떠 있었다. 유키도 그 모습을 보니 절로 흐뭇해졌다.

'……그래서 더 미나 씨와의 일이 신경 쓰여.'

적어도 유이는 이렇게 누군가와 있는 것을 즐겁게 느끼는 아이임에는 확실했다. 그렇다면 평소에 가족들과도 함께 지내고 싶지 않을까?

자꾸만 그런 생각이 드는 것이다.

"……저기, 유이."

"……?"

유이가 실 곤약을 우물거리며 유키 쪽을 바라보았다.

"실은 어제 코토리랑 둘이서 미나 씨…… 유이네 엄마랑 같이 밥을 먹었거든."

"……."

유키가 그렇게 말하자 유이는 젓가락을 든 손을 멈추고 가만히 유키 쪽을 바라보았다.

그 표정은 무척이나 복잡해서 놀라는 건지 슬퍼하는 건지 알 수 없었다.

"그때 미나 씨가 전에 놀이공원에 가자고 했다가 거절당했다고 하시던데, 그, 뭐냐…… 엄마랑 같이 있고 싶지 않은 이유가 있는 거야?"

"……."

유이는 젓가락을 놓았다.

그리고 잠깐 시간을 둔 뒤 작게 고개를 젓는다.

“그래?”
“음…….”
그럼 왜 거절했어?
유키가 그렇게 물어보려고 했을 때.
유이가 중얼거리듯 말했다.
“……일.”
“일?”
유이는 고개를 약간 숙인 채 말했다.
“……엄마, 그날도 일했으니까. 피곤할 것 같아서.”
유이의 그 말에 유이와 코토리는 얼굴을 마주 보았다.
‘……그런 거였군.’
요점은…… 응, 역시 이 애는 너무 착하다는 것이다.
유키가 손을 뻗어 유이의 머리를 쓰다듬었다.
“유이는 대단하네.”
“……?”
왜 칭찬을 받았는지 모르겠는지 멍한 표정을 짓는 유이.
“그리고 역시 코토리를 닮았어.”
그렇게 말하고 코토리 쪽을 바라보았다.
“저는 이렇게 착한 아이가 아니었어요.”
코토리도 손을 뻗어 유이의 머리를 쓰다듬었다.
유이는 두 사람에게 쓰다듬을 받아 당황하면서도 기뻐 보였다.
“저기, 유이 양.”

코토리가 유이에게 말했다.

"착한 것도 그 자체로 정말 멋진 일이지만, 조금 어리광을 부렸을 때 자신뿐만 아니라 모두가 행복한 경우도 있어요."

"……어리광?"

"네, 맞아요. 무척 중요한 거예요. 저는 그걸 여기 있는 멋진 남자친구에게 배웠거든요."

"……유키가?"

"네, 그때 일은 지금도 생생히 기억하고 있어요. 분명 평생 잊지 못할 거예요. 『이게 바로 멋대로 군다는 거야』하면서, 멋있었죠. 그때의 유키 씨."

코토리는 약간 추억에 젖은 얼굴로 그런 말을 했다.

유이가 유키 쪽을 바라보았다.

'……좀 쑥스럽네.'

그때의 유키는 지금 생각하면 꽤 부끄러운 말을 했었다. 뭐, 전부 진심이라 후회는 조금도 안 하지만.

"내 이야긴 그렇다 치고. 어쨌든 유이, 미나 씨랑 같이 어딘가 놀러 가고 싶다면 그렇다고 말하는 게 좋다는 뜻이야."

유키는 그렇게 말했다. 하지만.

"……(붕붕)."

유이는 고개를 저었다.

"……일하는 거 방해하고 싶지 않아."

"아-, 아니, 아까 코토리도 말했지만 아이는 가끔 어리광을 부리기도 한다는 걸 미나 씨도 알고 계실 거야."

"……그래도 안 돼."

유키의 말에도 고집스럽게 고개를 젓는 유이.

이렇게 되면 의외로 꺾기 어렵다.

'착한 건 알지만 과할 정도네.'

"……역시 유이는 코토리를 닮았어."

유키가 불쑥 그런 말을 했다.

"그러게요……."

코토리도 이번에는 동의했다. 이곳에 처음 왔을 때는 유키가 일하는 동안 자신이 쉬고 있는 것조차 미안해하던 코토리였다.

"……저기, 유이 양."

코토리가 상냥한 표정으로 말했다.

"유이 양은 엄마의 일을 방해하고 싶지 않은 거죠?"

"……응."

"열심히 일하시잖아요, 유이 양의 엄마, 굉장히 바빠 보여요."

고개 숙인 채 열심히 끄덕이는 유이.

"그런 엄마를 어떻게 생각하세요?"

"……대단하다고 생각해. 나도 그 돈으로 살고 있어."

"엄마를 좋아하나요?"

"……응."

끄덕끄덕, 두 번 고개를 끄덕이는 유이.

그 말을 듣고 코토리는 빙긋 웃었다.

“그렇다면 그런 마음만이라도 전해보는 게 어때요?”

“……마음?”

유이는 고개를 들고 코토리를 보았다.

“네. ‘엄마가 정말 좋아요. 늘 열심히 일하시는 모습이 존경스러워요. 저를 키워주셔서 감사합니다’라고요.”

“……그건, 말해본 적 없어.”

“하지만 그런 생각 때문에 일을 방해하고 싶지 않았다는 거죠?”

“……응.”

“진심으로 좋아한다면 전해주시는 편이 엄마도 더 기쁠 거예요. 적어도 전 유키 씨가 매일 감사의 말을 해주고 칭찬해주는 게 기쁘거든요. 그러니 매일 더 힘낼 수 있는 거고요.”

코토리에게 그런 말을 들은 유키는 조금 민망한 기분이 들었다.

딱히 기쁘게 해주려고 고맙다는 말을 한 것은 아니었지만, 자신이 건넨 감사의 말을 그렇게나 기쁘게 생각해준다면 앞으로도 계속 해야겠다고 생각했다.

“분명 엄마도 그럴 거예요. 이건 방해 같은 게 아니에요. 오히려 일할 의욕이 더 날걸요.”

“……그런 거야?”

“네, 안심하세요. 미나 씨는 유이 양을 정말 좋아하니까 분명 기뻐하실 거예요.”

“…….”

유이는 입을 다물고 코토리의 얼굴을 물끄러미 바라보았다.

다음으로 유키 쪽을 보았다.

유키도 말없이 고개를 끄덕였다. 자신도 코토리랑 같은 생각이라는 듯이.

유이가 품속에서 스마트폰을 꺼내 화면을 조작했다.

"무슨 일이에요?"

코토리의 물음에 유이가 답했다.

"……효도 씨한테 엄마 일정이 언제 비는지 물어봤어."

"오, 마음만 먹으면 행동이 빠르구나, 유이."

역시 이 아이는 꽤 대담하고 의지가 강하다. 그렇게 생각하며 유키는 놀랐다.

미나도 그런 느낌이었으니 엄마를 닮았다고도 할 수 있겠지.

그러자 이내 뾰롱 하는 벨소리가 들려왔다.

"답장 왔어……."

"빠르네, 효도 씨."

유키가 그렇게 중얼거렸다.

"그래서 어떻게 됐어요?"

코토리가 그렇게 묻자 유이는 화면을 두 사람에게 보여주었다.

아이와의 대화라고 생각되지 않는 딱딱한 문체로 쓰여진 답장에는 『다다음 주 금요일 저녁 이후엔 사장님 일정이 비어 있습니다. 그다음 휴일이 언제가 될지는 모릅니다』라고 적혀 있었다. 유키도 미나에게 바쁘다는 말을 들었지만, 역시 미나에게는 당해낼 수 없었다. 어제 식사가 가능했던 건 정말 타이밍이 좋았던 것 같다.

"……이날, 엄마 생일."

유이가 그렇게 말했다.

"그렇군요……. 그렇다면 저희랑 같이 생일을 축하해 드릴까요?"

코토리가 유이에게 그렇게 제안했다.

"아, 그러게. 우리도 식사를 대접받은 답례로 이웃으로서 생일 축하 정도는 해주고 싶은데. 미나 씨를 초대해도 될까?"

유키도 말을 보탰다.

새삼스럽게 부모의 생일을 축하하고 싶다는 말은 유키로서도 선뜻 꺼내기 어려운 부분이 있었다. 두 사람도 함께 축하하고 싶어 한다는 명분이 있어야 유이도 수락하기 더 쉬울 것이다.

"……응. 효도 씨한테 생일에 엄마가 돌아올 수 있는지 물어볼게."

그녀는 그렇게 말해주었다.

제6화 유키와 코토리와 유이와 미나

유이가 그 후 보낸, 미나가 생일에 집에 올 수 있는지 묻는 메시지에 답신이 온 것은 다음 날이었다.

효도에게 스케줄만 확인했을 때는 꽤 답장이 빨랐는데, 이번에는 하루라는 공백을 둔 뒤였다.

거기엔 어김없이 딱딱한 문체로 이렇게 적혀 있었다.

『사장님이 알겠다고 하셨습니다. '생일 축하받는 건 오랜만이니까 기대할게'라더군요. 당일은 19시에는 귀가하십니다.』

그것을 본 유이의 표정은 유키가 보기에 다시 없을 정도로 밝았다.

'……아, 역시 엄마를 좋아하는 게 맞네.'

그렇게 생각하지 않을 수 없는 표정이었다.

어쨌든 그리하여 유이와 유키와 코토리는 곧 있을 미나의 생일을 앞두고 준비에 임하게 되었다.

작전 회의는 효도에게 답장이 온 날 밤.

유키가 일에서 돌아온 이후 진행되었다.

"자, 어떻게 할까?"

"……어떻게 하지."

으음, 하고 유키와 유이가 팔짱을 낀 채 생각에 잠겼다.

콘셉트는 유이가 엄마에게 감사함과 존경, 뭐 간단히 말해 "엄마 정말 좋아해요"라는 마음을 전하는 것이다.
"다 좋은데 생일 파티 기획 같은 걸 해본 적이 없어."
어렸을 때는 생일이든 연말연시든 야구 연습을 하던 유키다.
아버지가 돌아가신 후에는 수험 전까지 지금 다니고 있는 고등학교 특대생이 되기 위한 공부의 나날.
그리고 말할 것도 없이 고등학교에 합격한 후에도 의사를 목표로 공부와 아르바이트를 하는 날들의 연속이었다.
일단 친가에 있을 때 어머니와 할머니에게 축하를 받긴 했지만 본인이 축하해주는 것은 처음이었다.
"으음, 역시 선물인가?"
"……그거라면."
유이는 스마트폰을 두드려 인터넷 쇼핑 화면을 열었다.
"……이거, 엄마가 전에 맛있게 마시던 와인."
"오, 그거 좋네."
"……중에 제일 비싼 거."
"헉, 완전 비싸잖아!"
한 병에 가볍게 30만이 넘었다. 쓸데없는 지출이 거의 없는 유키와 코토리의 살림이라면 이것만으로도 4개월은 살 수 있었다.
게다가 유이는 망설임 없이 구매 버튼을 누르려 했다.
"아니, 잠깐만."

"……?"

유이가 의아한 얼굴로 유키 쪽을 바라보았다.

"어? 혹시 용돈으로 살 수 있는 거야, 이거?"

고개를 끄덕이는 유이.

"……응. 받아도 별로 쓸 일이 없으니까."

그건 그렇고 초등학생치고는 꽤 많이 받는 부류 아닐까.

유키와 같은 아파트에 살고 있고 편의점 도시락을 먹거나 불고기 전골에 계란을 마음껏 쓸 수 있다는 데 감동하는 모습을 보느라 까맣게 잊고 있었는데, 새삼 생각해 보니 유이는 사장 딸이었다.

영세 농가 아들이라는, 뼛속까지 서민인 유키와는 금전 감각이 다르지 않을까.

"음, 하지만."

"……이걸로는 안 돼?"

"아니, 안 되는 건 아닌데."

"……엄마는 항상 내 생일에 비싼 거 사주는데."

"아아, 과연."

시간이 없어 함께 축하할 수 없는 만큼 고가의 물건을 선물해주려는, 미나 나름의 애정일 수도 있었다. 다만 유이가 굳이 그걸 따라 할 필요는 없었다.

그런 생각을 하고 있을 때였다.

"이런 건 돈이 아니라 마음이 중요해요, 유이 양."

다 먹은 식기 설거지와 주방 정리를 마친 코토리가 돌아왔다.

"……마음?"

"네, 진심으로 상대방을 생각하고 준비한 거라면 뭐든 좋아요."

유이는 '그렇구나'라는 듯 고개를 끄덕였다.

"……그거라면."

유이는 스마트폰을 내려놓으며 말했다.

"……엄마가 기운 내서 즐겁게 일할 수 있는 걸로 하고 싶어."

"응, 그것도 좋네요. 정말 멋져요."

코토리는 유이 근처에 앉더니 머리를 쓰다듬어주며 그렇게 말했다.

기분 좋은지 눈을 가늘게 뜨는 유이.

"……유키."

"응?"

"……유키라면 뭐가 좋아?"

"어, 나?"

끄덕 고개를 끄덕이는 유이.

"왜 나야?"

"……좀 닮았으니까. 엄마랑."

"그, 그런가?"

물론 둘 다 바쁘기야 하지만, 유키는 아직 일개 학생이고 미나는 잘나가는 기업 사장이다. 레벨이 너무 다른 것 같은데.

하지만 코토리도 그 말에 동조했다.

"후후, 그러게요. 조금 닮은 것 같아요."

"정말? 그래…… 비슷한가."

뭐, 대단한 사람인 건 얼마 전에 알았으니 영광이라고 생각하면 되는 거겠지.

"……그러니까 유키한테 듣고 싶어. 유키가 받았을 때 공부나 일을 힘낼 수 있을 만한 거."

유이가 똑바로 유키의 눈을 보며 그렇게 말했다.

"글쎄……."

유키의 머릿속에 여러 가지 생각이 떠올랐다.

다만 본래 물욕이 없는 편이라 딱 이거다 싶은 물건은 떠오르지 않았다.

'으음. 도무지 생각이 안 나…….'

솔직히 지금의 코토리가 있어준 덕분에 의사가 되겠다는 목표를 향해 노력하는 날들에 크게 만족하고 있었다. 그래서 자연스럽게 입에서 말이 흘러나왔다.

"물건은 아니지만…… 코토리의 수제 요리?"

유이는 의외라는 듯이 눈썹을 치켜들었다.

"……수제 요리."

"응. 코토리가 매일 내 건강이나, 내가 맛있게 먹을 만한 걸 생각해서 만들어 주는 게 좋거든. 물론 맛도 최고지만 거기에 담겨 있는 '마음'이 무엇보다도 기쁘지. 오늘도 힘내자, 내일도 힘내자는 마음이 막 솟구쳐."

"유키 씨……."

새삼스럽게 그런 말을 들은 것이 부끄러웠는지 코토리가 살짝 얼굴을 붉혔다.

"……코토리, 열 있어?"

유이의 지적에 더 홧홧하게 얼굴을 붉힌 코토리는 유이의 머리에 얼굴을 파묻으며 숨었다.

"앞으로도 더 열심히 만들게요……."

"아아, 고마워. 코토리가 온 뒤로는 매일이 즐거워."

유키가 그렇게 말하자 코토리는 몸부림치며 유이의 등에 부비부비 얼굴을 문질렀다.

"……코토리, 간지러워."

"뭐, 실제로 시험 점수도 좋아지고 급료도 올랐으니까, 그런 의미에서도 나에게는 효과적이었어."

"……."

유키의 그 말을 들은 유이는 잠시 말없이 생각에 잠겼다.

이윽고 자신의 등에 숨어 있던 코토리를 떼어내고 돌아보았다.

아까 유키의 말이 어지간히도 기뻤는지, 유이의 등에 숨어 있던 코토리의 얼굴은 밤길에서 만나면 수상한 사람으로 의심받을 정도로 헤실헤실 풀어져 있었다.

"……코토리."

"네힛."

대답도 제대로 된 말이 나오지 않았다.

"요리……."

유이는 그런 코토리에게.

"……요리 알려줘."

그런 제안을 건넸다.

◇

자.

그리하여 엄마에게 수제 요리를 만들어주기로 한 유이는 바로 다음 날부터 코토리의 지도를 받아 요리를 시작했다.

그래서 일단 유이가 현시점에 어디까지 요리를 할 수 있느냐 묻는다면.

"……쌀 씻을 땐 세제 필요 없어?"

그런 말을 진지하게 했을 때는 역시 코토리도 놀랐다.

태어나서 지금껏 요리를 해본 적이 없을 거라고는 유키도 짐작하고 있었지만, 네 살 때 집에서 요리를 담당하던 아버지가 입원한 뒤부터 유키네 집에 오기 전까지 요리하는 모습을 본 적조차 없다고 한다. 유키는 이대로라면 꽤 힘들지 않을까 생각했다.

"처음부터 혼자서 다 못 만들더라도, 코토리를 돕는다는 형태로도 괜찮지 않을까?"

유키가 그런 말도 했지만 유이는 완고하게 고개를 저었다.

"그러면…… 내 '마음'이 안 들어가."

그 말을 듣고 유키는 자신이 실례되는 말을 했다는 것을 깨달았다.

"그렇지……. 미안해, 유이."

어린아이가 이렇게까지 스스로 하겠다고 결심한 것이다. 믿고 지켜보는 것 역시 또 다른 다정함인 거겠지.

"괜찮아요. 2주나 있으니까 조금씩 배우면 돼요."

코토리는 지식이 하나도 없는 유이에게 차분히 요리 방법을 알려주었다.

첫날은 밥을 짓는 방법뿐이었지만, 결국 완성된 된 밥은 물을 너무 많이 넣어서 질었다.

밥은 코토리가 죽으로 만들어 어찌어찌 먹을 수 있었지만, 실패에 풀 죽어 있는 유이의 모습을 보자 아무래도 걱정스러운 마음이 드는 유키였다.

◇

그리고 13일 후.

"다녀왔어."

저녁. 평소와 같은 시간에 돌아온 유키가 문을 열자 먹음직스러운 향신료 냄새가 풍겨왔다.

"……아, 카레구나."

"네, 맞아요. 어서 오세요, 유키 씨."

교복 위로 앞치마를 두른 코토리가 유키를 맞이했다.

'……몇 번이나 보고 있지만, 몇 번을 봐도 귀여워.'

가정적이고 따스하다. 그리고 코토리는 엄청난 미소녀라 할 수 있었다.

이젠 그저 앞치마 차림의 코토리를 보는 것만으로도 하루의 피로가 날아가는 것 같았다.

"유이는?"

"다 만든 뒤에 피곤한지 곯아떨어졌어요."

"……그래."

유키는 되도록 큰 소리가 나지 않게 신발을 벗고는 집에 들어갔다.

겉옷을 코토리에게 맡기고 거실로 가니 유이가 침대에서 베개를 끌어안은 채 이불을 덮고 숨을 내쉬고 있었다.

베개를 감싸 안은 손가락 곳곳에 있는 것은 반창고.

만화에 나올 것 같은 전형적인 모습이었지만, 익숙하지 않은 요리를 열심히 했다는 증거일 것이다. 뭐, 실제로는 손재주가 없어서라기보단 코토리의 빠르고 깔끔한 칼질을 무리해서 따라하려다가 다친 게 대부분인 것 같지만.

유키는 짐을 내려두고 침대 앞에 앉아 고르게 숨을 내쉬고 있는 유이의 머리를 부드럽게 쓰다듬었다.

"……가능하면 눈앞에서 먹고 감상을 말해주고 싶었는데 깨우는 것도 미안하네."

그러고 있는 와중에 코토리가 저녁 식사를 차려주었다.

메뉴는 아까부터 좋은 냄새를 풍기고 있는 카레, 그리고 하얀 그릇에 담긴 샐러드였다.

유키는 테이블 위에 놓인 그것들을 보며 나직이 말했다.

"……이거, 정말 유이가 만들었구나."

"맞아요. 재료는 같이 사러갔지만 그 외엔 전부 다 유이 양이 했어요."

적어도 겉보기엔 확실히 카레였다. 샐러드도 제대로 먹음직스럽게 담겨 있었다.

첫날 쌀을 짓는 것조차 어려워하던 모습을 봐서 그런지 이것만으로도 이미 감회가 새로웠다.

"……그럼 잘 먹겠습니다."

유키는 유이 쪽을 향해 손을 모았다.

숟가락을 들고 한입.

"……아, 맛도 확실히 있네."

조미료 분량을 조금 틀린 것인지 역시 코토리가 만든 음식과 비교하긴 어려웠지만, 그래도 제대로 코토리 특제 야채 카레 맛이었다.

"아직 2주일도 안 지났는데…… 굉장하네, 유이……."

"네, 정말 열심히 했으니까요. 제가 필요 이상으로 도와주려고 해도 칼을 든 손을 놓지 않았어요."

코토리는 웃으며 그렇게 말했다.

그때, 유키 뒤에 있는 침대에서 이불이 부스럭거리는 소리가 났다.

"……유키?"

잠에서 깬 유이가 침대 위에서 몸을 일으키고 있었다.

"안녕, 유이."

"잘 잤나요? 유이 양."

유키와 코토리가 그렇게 말했지만, 자고 일어난 직후라 머리가 움직이지 않는지 멍하니 유키의 머리 언저리를 바라보는 유이. 하지만 조금 지나자 코를 킁킁거리며 눈을 뜬다.

그리고 시선이 테이블 위에 놓여 있는 카레로 향했다.

"……맛있어?"

이번에는 시선이 유키의 눈으로 옮겨 갔다.

유키는 말없이 유이의 눈앞에서 다시 한 입 카레를 천천히 씹어 삼킨 뒤 입을 열었다.

"맛있어."

"힘이 나는…… 맛이야?"

목소리가 조금 불안했다.

……아하.

'유이는 미나에게 힘내서 일할 수 있는 기운을 선물해주기 위해 요리를 배운 거였으니까.'

"어디 보자……."

유키는 솔직한 마음으로 생각했다. 맛 자체는…… 역시 평소에 먹는 코토리의 카레에 비하면 아직 멀었긴 하다.

하지만 재료는 먹기 좋은 사이즈로 썰려 있고 카레 루도 덩어리가 생기지 않도록 정성스럽게 녹였다. '어디까지나 미나에게 만들어주기 위한 시험작'이 아닌, 유키가 맛있게 먹어주었으면 하는 '마음'이 이 카레에는 담겨 있었다. 적어도 유키는 그 '마음'을 느꼈고 그것이 기뻤다.

그러니까.

"응……. 이걸 먹으면 내일도 힘낼 수 있을 것 같아."

"……좋았어."

조그맣게 주먹을 말아쥐며 기뻐하는 유이.

"후후, 이제 미나 씨의 생일을 기다리기만 하면 되겠네요."

코토리는 그런 유이의 모습을 보고 정말이지 흐뭇한 미소를 지어 보였다.

"아직이야……. 모레까지 더 맛있게 만들게."

흥, 하고 콧바람을 내며 그렇게 말하는 유이.

그 모습을 보고 "게임할 때의 코토리 같네"라며 유키가 웃었다.

"제, 제가 늘 저런 느낌이었나요……."

그 말에 코토리는 조금 부끄러운 듯 그렇게 말했다.

◇

"후우……."

미나의 생일 당일.

유키는 일하는 곳 중 하나인 친척이 경영하는 공장에서 근무하고 있었다. 주변은 꽤 어두워졌다. 유키는 쇠 냄새가 풍기는 창고 안의 시계를 보며 혼자 중얼거렸다.

'……이제 슬슬 미나 씨가 도착했으려나?'

유감스럽게도 유키 쪽은 업무 일정을 미리 잡아둔 탓에 미나가 돌아오는 19시에 맞추지는 못했다.

그래서 미안한 마음으로 생일 파티의 시작은 코토리와 유이에게 맡겨두었다.

'……뭐, 그래도 서둘러 일을 끝내면 한 시간 안에 갈 수 있겠다.'

유키는 스스로에게 그렇게 타이르고 창고에서 부품을 정리하는 작업을 재개했다.

이 작업이라는 것은 상당한 육체노동이었다. 가벼운 부품이라도 무게 5킬로그램, 무거운 것은 60킬로그램 가까이 되기도 한다. 무거운 물건을 운반하기 위한 지게차 차량도 있지만 수가 많지 않았고, 창고가 넓지 않아서 들어갈 수 없는 비좁은 곳에는 사람이 가져가서 넣을 수밖에 없었다.

덕분에 야구를 그만둔 지금도 근력은 나름대로 있는 편이었다.

"역시 이 작업은 피곤하네."

유키는 작업복 소매로 땀을 닦았다. 나머지는 중형 부품 30개 정도. 중형이라고 해도 하나에 20킬로그램은 된다.

한숨을 한번 내쉬었다. 이것만 끝나면 생일 파티다.

그때였다.

"아, 유키 군."

사근사근한 목소리가 창고 입구 쪽에서 들려왔다.

키가 작고 마른 몸에 안경을 쓴 30대 남자가 안전화를 신고 터벅터벅 걸어 들어왔다.

"아, 후카가와 부장님."

"오늘도 늦게까지 수고가 많아. 얼마나 남았어?"

"거기 팔레트에 실려 있는 만큼이요."

"그럼 얼마 안 남았네."

후카가와 부장은 목장갑의 손끝을 매만지며 조금 생각에 잠기는가 싶더니 입을 열었다.

"……응. 좋아, 나머지는 내가 할 테니까 오늘은 그만 퇴근해도 돼."

"네? 괜찮나요?"

"그야 오늘은 조금 후에 예정이 있잖아?"

"그렇긴 한데…… 제가 말했나요?"

"말했어. 요즘 유키 군은 사적인 이야기도 자주 하니까. 탈의실에서 무토 군한테 얘기하는 게 휴게실까지 들리더라."

"그, 그런가요."

탈의실과 휴게실은 커튼으로 칸막이가 처져 있을 뿐 붙어 있다.

아무래도 말소리가 새어나간 것 같다.

"봄이 지나고 사귀기 시작한 여자친구라고 했나? 오늘은 생일인 건가?"

"뭐, 거의 비슷해요."

정확히는 여자친구와 함께 돌보는 아이의 엄마 생일이다.

"그럼 빨리 돌아가 봐. 바빠도 파트너와의 시간은 소중히 해야지. 평소에 봐준다고 너무 늦게 들어가면 어느 날 갑자기 혼이 나니까 말야……. 아니, 진심이야. 그렇게 되면 달래기 힘들어."

하하하 하고 너털웃음을 짓는 후카가와 부장은 이래 봬도 30대 초반의 젊은 나이에 이 작은 회사의 제조 부문을 도맡고 있다. 사장인 유키의 친척에게 받고 있는 신뢰는 두터웠지만 그만큼 항상 늦게까지 남아 일하는 경우가 많다. 1년 전 아이가 태어나며 육아에 매진하는 부인에게 종종 잔소리를 듣는 걸까.

"후카가와 씨도 고생이 많으시네요."

"뭐, 어쩔 수 없지. 좀 편견일지도 모르지만, 대부분의 여자들은 굉장히 외로움을 많이 타거든."

"그런가요?"

"응, 내가 30년 동안 만난 여자들은 대체로 다 그랬어. 물론 그렇지도 않은 아이도 있겠지만. 그러니 특별한 날은 가능하면 빨리 돌아가 줘."

"그 말대로라면 후카가와 씨야말로 제 일을 맡을 게 아니라 빨리 돌아가시는 편이 좋지 않을까요?"

그러자 후카가와 부장이 손을 휙휙 흔들며 말했다.

"괜찮아, 괜찮아. 마침 지난주에 폭발해서 막 달래준 참이니까. 아마, 앞으로 2개월 정도는 기분이 좋을 거야…… 아마."

하하하, 하고 너털웃음을 짓는 후카가와 부장의 눈에는 깨달음의 경지와도 비슷한 고요한 결의가 담겨 있었다.

그런 눈을 보고 있으면 알겠습니다, 하고 순순히 대답하기가 어려운데.

"……알겠습니다. 그럼 같이 해도 될까요?"

"어, 괜찮아? 다 맡겨도 돼."

"네. 늦어진다는 건 이미 전해뒀어요. 둘이서 하면 시간은 반이니까요."

"……유키 군은 좋은 부하군."

후카가와 부장은 그렇게 말하고는 곧바로 부품 두 개를 양손으로 들고 창고 안으로 들어갔다.

할 일이 정해지면 고민하지 않고 빠르게 움직인다. 공장 일을 오랫동안 해온 인간의 빠르고 군더더기 없는 움직임이었다.

그건 그렇고 저 가느다란 몸으로 묵직한 무게의 부품을 가볍게도 드는구나, 하고 유키는 새삼 감탄했다.

"영차."

그리고 유키도 부품을 들고 후카가와 부장의 뒤를 이어 창고 안쪽을 향했다.

◇

『일 끝났어. 지금부터 갈게.』

유키는 공장을 나오면서 코토리에게 그런 메시지를 보냈다.

시각은 19시 10분. 이미 미나는 도착했으려나?

그러자 코토리에게서 답장이 왔다.

『일하느라 수고하셨어요. 미나 씨는 아직 안 오셨어요.』

"미나 씨도 일 때문에 조금 늦으시나?"

유키는 혼자 그렇게 중얼거렸다. 어쩌면 돌아가는 길에 마주칠지도 모르겠다.

그런 생각을 하며 집으로 돌아간 유키였지만, 결국 아파트 앞에 도착할 때까지 미나와 마주치는 일은 없었다.

계단을 올라 자신의 집 앞으로 가 문을 열고 안으로 들어갔다.

이미 집안에서는 맛있는 카레 냄새가 나고 있었다.

하지만 현관에는…… 코토리의 구두와 유이의 작은 구두밖에 없었다.

"……어서 오세요, 유키 씨."

여느 때처럼 마중을 나온 코토리였지만, 표정이 조금 어둡다.

"다녀왔어…… 무슨 일 있었어?"

"저어, 실은."

거실 쪽을 보니 유이가 테이블 앞에 고개를 숙이고 앉아 있었다.

◇

『미안해, 유이. 뺄 수 없는 일이 생겨서 오늘 밤에 돌아갈 수 있을지 모르겠어.』

『돌아간다고 해도 많이 늦을 것 같아. 기다리기 힘들면 유키네랑 먹고 그대로 끝내도 돼.』

유이의 스마트폰 화면에는 그런 메시지가 날아와 있었다.

이번엔 효도를 통해서가 아니라 미나가 직접 보낸 메시지였다.

"그렇게 된 거군……."

유키는 메시지를 다 읽고는 혼자 그렇게 중얼거렸다.

'여기선 미나 씨의 무신경함에 화를 내야…… 할지도 모르지만.'

애초에 염두에 뒀어야 할 사태였을지도 모른다.

솔직히 미나만큼은 아니지만 바쁘게 일하는 유키는 미나의 사정도 이해가 되었다.

유키가 일하고 있는 공장조차 제품에 문제가 있으면 예상치 못하게 일이 길어지는 경우가 있었다. 미나 같은 잘 나가는 회사 사장이 되면 갑자기 뺄 수 없는 일이 생기는 것도 다반사일 것이다.

미나가 있는 곳은 비즈니스라는 '승부'의 세계.

어설프게 임했다간 이길 수 없다. 자칫하면 사원과 그 가족까지 말려들게 된다. 그래서 유키는 심정적으로 미나를 탓하기 어려웠다.

'다만 그다지 좋은 말투는 아니야.'

유키는 그렇게 생각했다.

미나의 메시지는 유이나 유키, 코토리의 시간을 낭비하지 말라는 뜻에서 한 말이겠지만, 이날을 위해 애써 온 유이로서는 내팽개쳐진 심정일 것이다.

뭐, 애초에 수제 요리는 서프라이즈로 준비한 것이니 미나 입장에서는 알 도리가 없었겠지만.

"……."

유이는 아까부터 미나가 보낸 메시지를 보며 고개를 숙이고 있었다.

딱히 말은 없었지만…… 분명 충격을 받았으리라.

"유이 양……."

코토리가 보다 못해 유이에게 말을 걸려고 했을 때였다.

"……어쩔 수 없어."

유이가 중얼거리듯 그렇게 말했다.

"일이니까……."

꽉, 작은 손으로 스마트폰을 쥐었다. 그 손에는 열심히 했다는 것을 알려주듯 베인 흔적과 반창고가 있었다. 유이

는 그대로 잠시 고개를 숙이고 있는가 싶더니, 곧 혼자서 몇 번 고개를 끄덕였다.

"응."

유이가 고개를 들었다. 그 표정은 여느 때처럼 무표정했다.

아니, 오히려 겉모습만 보면 평소보다 밝은 느낌이었다.

"괜찮아요, 유이 양?"

"……괜찮아."

걱정스러운 코토리의 물음에도 그렇게 말하며 엄지손가락을 치켜세운다. 분명 유키와 코토리를 걱정시키지 않기 위해 애써 밝게 행동하는 것이었다. 강한 아이구나, 하고 유키는 생각했다.

그렇다면 이쪽도 필요 이상으로 어두워질 필요는 없겠지.

"좋아! 그럼 먼저 먹으면서 기다릴까. 완전 배고프다."

"……나한테 맡겨."

유이는 일어서더니 음식을 담으러 주방으로 향했다.

"이번에는 자신작, 유키의 혀가 깜짝 놀랄 거야……."

"오, 그거 기대되는데."

유키는 코토리 쪽으로 시선을 보냈다.

그것만으로 의도가 전해진 것인지, 코토리는 후 하고 숨을 내쉬고는 곧 걱정이 담긴 얼굴에서 웃는 얼굴로 표정을 바꿨다.

“다 먹으면 셋이서 게임이나 하면서 기다릴까요? 유이양도 많이 늘었거든요.”
“에이, 그 격투 게임은 코토리만 엄청 강하잖아.”
“……트라우마.”
코토리의 제안에 유키와 유이가 이의를 제기했다.
특히 유이는 유키와 잠깐 연습한 뒤 코토리에게 도전했는데, 코토리의 인정사정없는 필살기를 받아 단 한 번의 대미지도 입히지 못한 채 퍼펙트패를 당한 트라우마가 있었다.
“으음.”
코토리는 불만스러운지 입을 삐죽였다.
“그럼 2 대 1로 어때요? 분명 좋은 승부가 될 거예요.”
게임이 되면 평소보다 더 고집이 강해지는 코토리였다.

◇

그리고 그 후.
유키와 두 사람은 함께 유이가 만든 카레를 먹었다. 놀랍게도 전에 먹었을 때보다 더 맛있었다. 코토리도 아주 잘 만들어졌다며 칭찬을 아끼지 않았다.
들어보니 유이는 자신의 집에 가서도 매일 만들었다고 한다.
대단한 노력가구나 싶어 유키가 칭찬하자 기쁜 얼굴로

자신이 만든 카레를 먹던 모습이 아이답고 사랑스러웠다.

식사가 끝난 후 이번에는 셋이서 게임.

코토리가 제안한 대로 2 대 1이었는데, 역시나 두 사람이 달려들어도 코토리에게는 상대가 되지 않았다.

하지만 어쨌든 승부다운 승부는 됐기 때문에 몇 번이나 맞붙다 보니 점점 요령을 파악할 수 있었다. 정신을 차리고 보니 유키도 유이도 게임에 푹 빠져 있었다.

기본적으로 게임은 코토리가 할 때 어울려주는 정도였던 유키로서는 이렇게 열중해서 게임을 하는 것은 오랜만이었다.

솔직히 즐겁다, 라는 생각이 들었다.

게임 자체도 그렇지만 이렇게 유이와 코토리와 같은 것으로 함께 놀고 있다는 것이 즐거웠다. 그렇게 시간은 흘러갔다.

그리고…….

"……미나 씨. 안 돌아오시네요."

게임을 어느 정도 마무리한 뒤, 코토리가 세 사람 몫의 차를 끓이며 말했다.

유키가 시계를 보았다. 시곗바늘은 이미 자정이 넘어 지금은 1시.

생일을 축하하기로 했는데 생일은 지나버렸다. 하지만 미나는 모습을 보이지 않았다.

걱정스러운 마음에 쳐다보자 유이는 스마트폰을 들고

있었다. 손가락을 움직이는 모습을 봐선 평소 하는 게임이 아니라 미나에게 새로운 메시지가 없는지 확인하고 있는 것 같았다.

결국 새로운 메시지는 없었나 보다.

그리고 유이가 천천히 몸을 일으켰다.

"슬슬…… 돌아갈게."

"……유이, 미나 씨 기다리지 않아도 괜찮아?"

오늘 미나와의 약속은 유이에게 무척 특별한 것이고, 계속 기대하며 준비해왔다. 어쩌면 미나는 돌아오지 못할 수도 있지만, 조금 더 기다려도 되지 않을까?

그렇게 생각했는데.

"……기다릴 거야."

유이는 강한 의지를 가진 눈으로 그렇게 말했다.

"하지만……."

유이는 유키와 코토리를 보고 말했다.

"유키랑 코토리는 내일도 바쁠 테니까…… 우리 집에서 기다릴게."

"……."

"……."

유키와 코토리는 서로 얼굴을 마주 보았다.

확실히 유키는 내일도 아침부터 일이 있었고, 코토리도 그런 유키의 도시락과 아침밥을 만들어주기 때문에 유키보다도 더 일찍 일어난다. 그렇긴 한데, 이런 상황에서도 남을 배려할 수 있다니.

솔직히 자신이 저 나이였다면 불만으로 심기가 언짢아 주위를 배려할 자신은 없었을 것이다.

"혼자 기다리려고?"

"……응. 괜찮아, 혼자는 익숙하니까."

굉장하네. 이 아이는. 나이답지 않게 정말 강하고 상냥하다.

매번 그렇게 생각했지만, 다시 한번 그런 생각이 들었다.

……그러니까 더욱.

'나는 이 아이한테 상냥한 사람이 되자.'

코토리도 같은 생각을 한 것인지 상냥하게 미소 짓고 있었다.

"여기 있어도 돼, 나도 미나 씨가 오는 걸 기다릴게."

유키는 그렇게 말했다.

"……?!"

놀란 유이가 눈을 크게 떴다.

"왜 놀라는 거야, 유이?"

"……하지만 유키, 내일도 바쁘잖아?"

"신경 쓰지 마. 하루 정도는 안 자도 괜찮아."

고개를 젓는 유이.

"……폐는 끼치기 싫어."

"에이, 이제 와서 무슨 기운 빠지는 소리야. 나도 이웃의 생일 정도는 축하하고 싶다고. 그보다 이미 마음 정했어.

유이는 싫겠지만, 난 멋대로 미나 씨를 기다릴 거니까."
"……."
유이는 조금 멍한 얼굴로 유키의 얼굴을 바라보았다.
이번에는 코토리가 그런 유이 곁으로 다가와 무릎을 꿇고 시선을 맞추며 말했다.
"유이 양. 혼자 기다리면 너무 외로울 거예요."
"……익숙해."
유이는 아까 한 말을 되풀이했다.
익숙하겠지. 하지만 그게 외롭지 않다는 뜻은 아니지 않나. 유키는 그렇게 생각했다.
부모의 간섭이 심했던 유키 본인에게 그런 감각은 없지만, 평범하게 생각해 보면 저 나이대의 아이가 부모와 함께 있지 못하고 계속 혼자 지내는 건 큰 외로움이 될 것이다.
코토리는 그런 유이의 머리를 부드럽게 쓰다듬었다.
"그렇죠, 유이 양은 강한 아이예요. 저처럼 유키 씨의 귀가가 늦으면 쓸쓸해지는 겁쟁이와는 달라요."
하지만, 하고 그녀가 말을 이었다.
"적어도 혼자보다 셋이서 기다리는 편이 외롭지 않을 거라고 생각해요."
"……."
"폐가 아니라고 해도 유이 양은 납득할 수 없겠죠. 그러니까…… 폐를 끼쳐주세요, 저희한테. 유이 양도 정말 좋아하는 엄마가 기뻐해주면 행복하죠? 그런 것처럼 저도 유이 양을 무척 좋아하니까, 그런 유이 양이 조금이라도 덜 외로웠으면 좋겠어요."

"코토리……."

유이는 잠시 침묵한 채 그 자리에 굳어 있었다. 시계 초침이 한 바퀴 돈 뒤에도 여전히 움직이지 않았다. 하지만 마침내.

코토리 쪽으로 다가가더니 스스로 코토리 가슴에 얼굴을 묻었다.

"미안해, 오늘은 같이 기다려주면 좋겠어……."

그 눈에는 아주 조금이지만 눈물이 배어 있었다.

강하고 상냥한 아이에게서 미약하게 새어 나온 나약함이었다.

"네, 같이 기다릴게요. 고마워요, 그렇게 말해줘서."

유키는 그런 두 사람의 모습을 보면서 자신의 스마트폰을 꺼냈다.

식사 때 교환한 미나의 연락처로 메시지를 보낸다.

『미나 씨. 오늘은 셋이서 계속 기다릴 테니 아무리 늦더라도 꼭 돌아와 주세요.』

원래 이렇게 강요하는 듯한 말투는 쓰고 싶지 않았지만, 유이를 생각하면 이번만큼은 그렇게 보낼 수밖에 없었다.

◇

그리고 세 사람은 미나를 기다렸다. 하지만 미나는 돌아오지 않았다.

그대로 한 시간이 지났다.

두 시간이 지났다.

세 시간이 지났다.

아직 미나는 돌아오지 않았다.

중간부터 세 사람은 침대 위에서 유이를 사이에 두고 몸을 맞대고 앉아 미나를 기다렸다.

"……괜찮아요, 유이 양. 분명 미나 씨는 돌아올 거예요."

코토리가 유이에게 그렇게 말하며 유이의 머리를 쓰다듬었다.

유이는 그런 코토리에게 몸을 맡겼다. 그 눈에는 아주 조금 눈물이 맺혀 있었다.

'……어른이라면 아이와의 약속은 지켜주세요, 미나 씨.'

유키는 이번에야말로 미나에게 약간의 짜증을 내며 그런 생각을 했다.

그리고 또 한 시간이 지났다.

유키가 밖을 보았다. 주위가 밝아지기 시작했다.

유키는 유이와 함께 계속 기다릴 생각이었지만, 여기까지 와 버린 이상 결론을 낼 수밖에 없다는 생각이 들었다.

미나는 돌아오지 않았다, 라는 결론.

"……유키."

그런 생각을 하고 있을 때, 코토리에게 기대어 있던 유이가 이쪽을 올려다보며 말했다.

"……고마워."

슬픈 얼굴로, 하지만 그것을 되도록 보여주지 않으려는 듯 참느라 떨리는 목소리로 유이는 그렇게 말했다.

"유이……."

유키는 그런 유이를 자신 쪽으로 끌어당겨 껴안는다.

작고 따뜻한 몸은 미약하게 떨고 있었다.

"유이, 외로울 땐 억지로 참지 않아도 돼……."

"……."

유이는 아무 말 없이 유키를 꽉 마주 껴안았다.

상냥하고 강한 소녀의 인내심은 금방이라도 무너질 것 같았다.

그때였다.

캉, 캉, 캉.

정적 속에서 계단을 오르는 발소리가 들려왔다.

"……!"

유이가 고개를 들었다.

발소리는 점점 유키네 집 문 쪽으로 다가왔다.

그리고.

덜컹.

우편함에 전단지를 끼우는 소리가 났다.

그대로 다시 뚜벅뚜벅 문 앞에서 발소리가 멀어졌다.

"……아."

유이의 입에서 말이 되지 못한 신음이 새어 나왔다.

그리고 조금 전까지 필사적으로 참고 있던 무표정이 단번에 무너지고 억눌렸던 감정이 흘러나올 뻔하던 그때였다.

캉캉캉.

이번에는 빠른 걸음으로 계단을 오르는 소리가 들려왔다.

그 소리는 아까와 마찬가지로 유키의 집 앞에서 멈췄다.

그리고.

딩동.

초인종이 울렸다. 세 사람은 곧바로 몸을 일으켜 현관까지 갔다.

유키가 확인하니 낯익은 빨간 드레스 슈트를 입은 사람이 비치고 있었다.

그녀가 문을 열었다.

"……하아, 하아. 주차장에서 여기까지 뛰었다고 이 모양이라니. 나도 나이를 먹었나 봐."

그곳에는 무릎에 손을 짚고 어깨로 숨을 몰아쉬고 있는 미나의 모습이 있었다.

"후우…… 이거 어쩌지, 세 사람 다 정말 미안해. 하지만 정말 이런 시간까지 안 자고 기다릴 줄은 몰랐는데, 너희들도 정말 특이하구나."

이제 보니 저번에 만났을 때만 해도 반듯하게 차려입었던 정장이 상당히 구겨져 있고, 에너지 덩어리 같았던 분위기도 약간 피로가 쌓여 있는 것처럼 보였다.
유이가 한발 앞서서 그런 미나 앞에 섰다.
"……일. 괜찮아?"
"어? 아아. 잘 정리하고 왔어."
유이와 미나가 대화하는 건 처음 봤는데, 평소에 자주 보지 않아서 그런지 조금 어색한 느낌이었다.
하지만 지금은 그게 중요한 게 아니다.
"미나 씨, 들어오세요. 저녁 준비해놨어요."
"오, 그거 기대되는데."
"미나 씨. 겉옷과 짐은 보관해 드릴게요."
코토리가 그렇게 말하며 미나의 겉옷과 가방을 받아들었다.
"그럼, 실례할게."
미나는 그 한마디만을 하고는 유키의 집으로 들어갔다.

"깔끔하게 청소돼 있네. 우리 사무실보다 훨씬 깨끗해."
미나는 거실에서 테이블 앞에 무릎 꿇고 앉으며 그런 말을 했다.
유키는 미나의 맞은편에 앉았다.
유이와 코토리는 식사 준비를 하고 있었다. 유키는 그때까지 그녀의 말 상대였다.

“코토리가 늘 꼼꼼히 신경 써주거든요. 덕분에 쾌적하게 지내고 있습니다.”

“정말 좋은 여자친구구나. 절대로 놓치면 안 돼, 유키 군. 겉모습이 예쁜 여자는 마음먹고 찾으면 얼마든지 있지만, 자신을 진심으로 지지해주는 아이는 쉽게 찾을 수 없는 법이니까.”

“당연히 그럴 생각입니다. 평생 놓을 생각 없어요.”

“망설임이 전혀 없구나. 정말 각오가 단단하네, 유키 군은.”

미나는 졌다며 항복의 포즈를 취해 보였다.

도착했을 때는 급하게 돌아온 탓인지 조금 피곤한 기색이 있었지만, 한숨 돌리고 나자 평소와 다름없는 밝은 분위기로 돌아와 있었다.

“……그건 그렇고 정말 고마워, 유키 군.”

미나는 아주 조금 진지한 목소리로 말했다.

“뭐가요?”

“메시지 말이야, 1시쯤 보내줬던 거. 그게 없었다면 돌아오는 걸 포기했을지도 몰라.”

“아, 그거요? 강제하는 듯한 표현을 써서 죄송합니다.”

“됐어, 됐어. 게다가 유이뿐이었다면 내가 돌아올 때까지 기다리지도 않았을 거야. 이렇게 딸이 생일을 축하해주는 것도 유키 군이 같이 축하해주려고 한 덕분이지.”

“네?”

미나의 표현에 위화감을 느끼는 유키.

“아니, 유이는 저희가 없어도 미나 씨를 기다릴 생각으로…….”

“오래 기다리셨죠, 미나 씨.”

바로 그때, 주방에서 코토리와 유이가 왔다.

코토리가 손에 든 것은 모듬 샐러드와 차가운 차.

그리고 유이가 손에 든 것은 카레라이스. 이날을 위해, 이때를 위해, 엄마를 위해 만든 카레였다. 그것들이 테이블 위에 놓였다.

“카레…… 그렇다는 건 이게 유키 군이 말했던 세계에서 제일 맛있다는 그 카레구나?”

미나가 장난기 담긴 얼굴로 히죽히죽 웃으며 그런 말을 했다.

여기서 알려줘도 되겠지만, 그건 먹고 나서 하자.

유키는 조금 짓궂게 웃으며 말했다.

“뭐, 그렇죠. 저희는 이미 먹었으니 어서 드세요.”

“그럼, 사양 않고.”

잘 먹겠습니다, 하고 손을 모아 미나가 숟가락을 들었다.

밥이랑 카레를 떠서 한입.

“……오, 좋네. 맛있어.”

미나는 감탄한 듯 그렇게 말했다.

“고급스러운 느낌은 아니지만 야채 본연의 맛이 잘 배어 있어서 먹기 편하네. 재료를 자르는 방법도 그렇고 밥의

질기도 딱 먹기 좋도록 신경 써서 정성을 담아 만들어진 게 느껴져. 코토리의 깊은 애정이 느껴지는구나. 이런 걸 매일 먹을 수 있다니 정말 복 받은 남자네, 유키 군은."

"……후후."

카레의 완성도를 칭찬하는 말을 듣고 코토리가 저도 모르게 웃고 말았다.

"응, 왜 그래, 코토리?"

"아, 아니요, 죄송합니다."

"뭐야, 궁금하게."

뭐, 이제 슬슬 알려줘도 되겠지. 유키는 유이 쪽을 가리키며 말했다.

"미나 씨, 그 카레를 만든 건 유이예요."

"뭐?!"

미나가 눈을 휘둥그레 뜨며 유이 쪽으로 고개를 돌렸다.

"정말 유이가 만든 거니?"

"……."

미나가 그렇게 묻자 유이는 말없이 고개를 끄덕였다.

"……그래. 유이가……."

미나는 눈앞에서 맛있게 김을 내는 카레를 빤히 바라보며 그렇게 말했다.

그리고 어떻게 반응해야 할지 모르겠다는 듯 머리를 긁적인다.

"저기, 그러니까…… 고맙구나."

평소의 커다란 목소리와는 달리 작은 목소리였다.

"……응. 생일 축하해."

유이는 톤 없는 표정과 목소리로 그렇게 대답했다. 유키는 그런 두 사람의 모습을 보며 생각했다.

'……생각보다 기뻐하지 않네, 유이.'

요즘 유이는 이럴 때 유키와 코토리 앞에서 기쁨이 알기 쉽게 몸짓이나 표정에 드러나는데, 평소 잘 만나지 않는 엄마 앞이라 그런 것인지 어딘가 처음 만났을 때와 같은 서먹함과 어색함이 느껴졌다.

"음. 조금 더 먹어도 괜찮을까?"

"……응. 더 있어."

역시 두 사람의 대화는 어색하다.

'이쪽이 진짜 모녀지간인데.'

참 신기한 일이구나. 그런 생각을 하는 유키.

하지만 적어도, 이 모녀는 함께 시간을 보내고 있다.

그리고 크게 드러나진 않았지만 조금 긴장한 것처럼 보이는 유이의 얼굴이 유키에게는 기쁨으로 살짝 풀어진 것처럼 보이기도 했다.

◇

"……후우, 잘 먹었어."

미나는 양손을 맞잡고 그렇게 말했다.

무려 미나는 세 그릇이나 비웠고, 결국 유키네 밥솥이 텅 비었다. 키가 크다고는 해도 여성치고는 꽤 왕성한 식욕이었다.

전에 후카가와 부장이 "서른이 넘으면 말이지, 젊었을 때처럼 맛이 강한 걸 먹기 힘들어져"라고 슬픈 눈으로 말한 적이 있었는데, 아무래도 미나와는 별로 상관없는 이야기 같았다.

"예전에 레스토랑 갔을 때도 이렇게 드셨던가요?"

"나에게 그런 곳은 배를 채우는 곳이라기보단 맛과 분위기를 즐기기 위한 곳이니까."

"과연."

"아, 맞다. 저랑 코토리가 드리는 선물이에요."

유키가 그렇게 말하며 꺼낸 것은 숙취에 효과가 있다고 하는 자양강장제 6병 세트였다.

코토리는 "그걸로 괜찮을까요?"라고 말했지만, 유키는 꼭 필요할 것이라고 생각해서 준비한 선물이었다.

"회식 같은 것도 많을 테고, 술 안 마신 날이라도 간에 좋으니까 마시면 다음 날 몸이 편안하실 거예요."

"오, 좋네. 컨디션은 최고의 자산이니까. 시험 삼아 마셔 볼게."

기뻐하는 미나. 어때, 역시 내 판단은 틀리지 않았지? 하는 으쓱한 얼굴로 바라보자 코토리가 쓴웃음을 지었다.

"……보자."

미나는 무겁진 않지만 고급스럽고 품위 있어 보이는 손목시계를 보았다.

"이제 일하러 돌아가야 해."

"벌써요?!"

"사실 대강 마무리하고 온 거라 아직 일이 남았거든."

미나는 웃으면서 그렇게 말했다. 여전히 열심히 일하는 사람이구나.

아니, 결국 유키도 몇 시간 후면 일하러 가야 하지만.

그때였다.

'……아.'

유키가 거실 입구 쪽으로 눈을 돌리자 유이가 불안한 얼굴로 이쪽을 바라보고 있었다.

'아아, 하긴. 미나 씨 일에 방해가 됐을까 부담스럽겠지, 유이는.'

그래서 유키는 미나에게 물어보기로 했다.

"폐가 됐을까요?"

그러자 미나가 얼굴 앞에서 휙휙 손을 내저으며 말했다.

"설마. 숨통이 트였어. 이제 다시 회사로 돌아가서 일을 열심히 할 수 있을 것 같아."

"……!"

미나의 말을 듣고 옆에 있는 코토리의 손을 두 손에 잡고 기쁜 듯이 붕붕 손을 흔드는 유이.

코토리도 그런 유이의 머리를 쓰다듬어주었다. 유키도

솔직하게 '다행이다'라고 생각했다.

아직 부모와 자식의 관계치고는 어색하지만, 적어도 조금이나마 거리가 좁혀졌다면 오늘은 무척 가치 있는 날이 아니었을까.

"그래서…… 더 아쉽네."

미나가 뜬금없이 그런 말을 중얼거렸다.

"아쉬워요?"

"응, 요즘 해외 쪽 사업이 잘되기 시작했거든."

"그런가요? 축하드려요. 글로벌 기업 반열에 오르게 되다니 경사스러운 일이잖아요."

유키는 정확히 미나가 하는 일이 얼마나 대단한지 알 수 없었지만, 적어도 일본을 넘어 세계로 나가 싸우게 된 것이다. 그 열정이 미나답다고 생각했다.

"고마워."

미나는 자랑스럽게 대답했다.

그리고 말을 이었다.

"그래서 다음 달부터 미국으로 이주하기로 했어."

"……네?"

미나가 무슨 말을 했는지 이해하는 데는 시간이 조금 걸렸다.

"이렇게 좋은 이웃을 만난 적은 처음이었는데 말이지. 유키랑 얘기해보니 오히려 나까지 자극을 받아서 재미있었어. 유이도 잘 챙겨주고. 그렇지만 본격적으로 해외 사업에 착수하게 되면 갈 수밖에 없어."

"그렇다는 건 유이도?"

"뭐, 그렇게 되겠지. 일본에 남겨두고 싶어도 기댈 친척도 없으니까."

"……그런가요?"

"자, 그럼."

미나는 그렇게 말하고 일어섰다.

"급하게 돌아오느라 아무것도 준비하지 못했지만, 이사하기 전에 다시 인사하러 올게."

그렇게 말하고 미나는 유키네 집을 떠났다.

유키와 코토리와 유이 세 사람은 현관 앞까지 가서 미나를 배웅했다.

미나의 모습이 보이지 않을 때까지 배웅한 뒤.

"유이 양…… 이사를 가는군요."

코토리가 그렇게 말했다.

감정이 사라진 듯한 목소리. 표정도 넋이 나간 듯 아무것도 느껴지지 않았다.

갑자기 전해진 이별 소식에 마음이 미처 따라잡지 못하는 걸까.

"……코토리."

유이가 코토리의 손을 잡았다. 하지만 그러는 유이의 목소리도 조금 떨리고 있었다.

유키는 그런 두 사람의 어깨에 손을 얹고 말했다.

"어쩔 수 없지. 앞으로 한 달 동안 즐거운 추억 많이 만들자."

코토리와 유이가 유키의 가슴에 얼굴을 묻었다.

유키는 그런 두 사람이 진정될 때까지 다정하게 껴안아 주었다.

◇

"……."

호리이 미나는 아파트를 나오자마자 뒤를 돌아 조금 전까지 자신이 있던 집 쪽을 바라보았다. 문 앞에는 통보받은 이별에 슬퍼하는 자신의 딸과 고등학생 소녀. 그리고 그런 두 사람의 심정을 헤아리듯 다정하게 안아주는, 젊지만 강단 있는 소년이 있었다.

"……저 애들이 훨씬 가족 같단 말이지."

그렇게 중얼거리고, 미나는 다시 그들에게서 등을 돌린 뒤 일이라는 자신의 자리로 돌아갔다.

◇

"유이 양, 이번에는 저쪽 놀이기구 타 봐요!"

"……응. 롤러코스터 타보고 싶어."

"나 놀이기구는 약해서 잘 못 타."

미나에게 유이의 이사 소식을 전해들은 유키 일행은 그 다음 주 일요일 놀이공원에 놀러 왔다. 유키 말대로 미국에 가기 전에 함께 추억을 쌓기 위해서였다.

"……하지만 설마 이게 도움이 될 줄은 몰랐는데."

유키가 그렇게 말하며 손에 든 것은 두 달 전 구입한 놀이공원 커플 티켓이었다. 1학기 시험 때 코토리와 시간을 내지 못한 유키가 시험이 끝나면 같이 가기 위해 샀던 것이다.

결국 여러 일들이 겹쳐서 가지 못했지만, 뒤늦게 확인하니 마침 기한이 딱 2주 남아 있었다.

놀이공원이라면 유이도 일전에 팸플릿을 읽고 있었을 정도로 가고 싶어 했기 때문에, 유키는 후카가와 부장에게 무리해서 급히 휴가를 받았다.

참고로 유이 몫의 티켓값과 여비는 미나가 내줬다.

……그리고.

"효도 씨는 어떻게 하실래요?"

유키는 뒤를 돌아 안경을 쓴 정장 차림의 여성에게 말했다.

"아뇨, 저는 어디까지나 일하는 중이니까요."

효도는 조금 냉정한 목소리로 그렇게 말했다.

미나의 비서이기도 한 효도가 놀이공원까지의 이동과 유이의 보호자를 대신하여 함께 온 것이다.

오늘뿐만 아니라 최근에는 효도가 가끔씩 유키의 집에 얼굴을 내밀어 유이의 모습을 보러 왔다. 어쩌면 갑자기 이사를 간다는 말을 해 버렸으니 미나 나름대로 걱정이 되어 효도를 시켜 유이의 모습을 살피는 것인지도 모른다.

“놀이기구에 줄을 서신다면 저는 저쪽 벤치에서 기다리고 있을 테니 세 분이서 다녀오세요.”

“그래도 되나요? 아까부터 놀이기구를 하나도 안 타셨잖아요.”

“물론입니다. 아까도 말씀드렸다시피 어디까지나 저는 유이 님의 보호자를 대행하는 일을 맡았으니 없는 존재라고 생각하셔도 무방합니다.”

여전히 사무적인 말투구나, 하고 유키는 생각했다.

“저는 지금까지 사장님을 대신해서 가끔 유이 님을 돌봐왔습니다. 당신들과 만난 뒤부터 유이 님은 정말 즐거워 보이십니다.”

그녀가 문득 그런 말을 해왔다. 안경 너머, 약간 차가운 인상이 느껴지는 그 눈은 코토리와 손을 잡고 즐거워하는 유이 쪽을 향하고 있었다.

“그러니까 세 분이서 즐겁게 다녀오세요. 오늘은 세 분의 추억을 만들러 오신 걸 테니까요.”

그렇구나. 이 사람 나름의 배려라는 건가.

“……알겠습니다. 감사합니다.”

“개의치 마세요. 일이니까요.”

변함없는 표현에 유키는 조금 쓴웃음을 지으면서도 유이가 있는 쪽으로 향했다.

코토리와 유이는 이미 줄의 맨 끝에 서 있었다.

"굉장히 인기가 많아 보여요. 전 롤러코스터는 타본 적이 없어서 기대돼요."

"……나도 전에는 키가 모자라서 못 탔어. 지금이라면 탈 수 있어."

코토리와 유이는 놀이공원 팸플릿을 둘이서 보면서 즐거운 얼굴로 그런 대화를 나누고 있었다.

'둘 다 생각보다 씩씩해 보여서 다행이야.'

유키는 두 사람의 모습을 보면서 그런 생각을 했다.

특히 코토리는 유이의 미국행 소식을 듣고 완전히 넋이 나간 모습을 해서 걱정했는데, 오히려 지난 며칠은 평소보다 밝은 편이었다.

적극적으로 남은 시간을 유이와 즐겁게 보내고 싶다는 마음의 표현인 걸까.

지금까지는 한 공간에 있어도 유이도 코토리도 기본적으로 각자 할 일을 하느라 이야기할 일이 거의 없었는데, 요 며칠 코토리는 유이와 자주 대화를 나누고 있었다.

"효도 씨는 벤치에서 쉬고 있겠대."

유키는 두 사람과 함께 줄을 섰다.

"그런가요?"

코토리는 그렇게 말하고는 유키에게 살짝 속삭였다.

"……나중에 효도 씨에게는 따로 감사를 드려야겠네요."

아무래도 코토리는 효도의 배려를 알고 있었나 보다.

"자, 오늘은 즐거운 추억을 잔뜩 만들어요, 유이 양, 유키 씨!"

예에~! 하고 코토리가 하늘을 향해 주먹을 치켜들었다.

유이도 덩달아 "오~" 하고, 크게 억양이 없는 목소리로 코토리 흉내를 냈다.

◇

"후…… 아아, 즐거웠지만 꽤 피곤하네."

놀이공원에서 돌아오는 길.

유키는 효도가 운전하는 자동차 시트에 푹 몸을 기댔다.

"유키 씨는 스릴 넘치는 기구는 잘 못 타셨죠."

유이를 사이에 두고 오른쪽에 앉는 코토리가 그렇게 말했다.

"응, 무섭다기보단 멀미가 나서 잘 못 타는데, 놀이기구 연출이 생각보다 재미있어서 결국 이것저것 타 버렸네."

유키는 옆에 앉은 유이에게 물었다.

"유이도 즐거웠어?"

그러자 유이는 엄지손가락을 번쩍 치켜세우며 고개를 끄덕였다.

"……당연하지. 사진도 많이 찍었어."

"저한테도 보여주실래요?"

코토리가 그렇게 말하자 유이가 스마트폰을 꺼냈다.

"지금 사진 보낼게……. 아, 근데 잠깐만."

"왜?"

유키의 물음에 유이는 늘 하던 스마트폰 게임을 켜며 말했다.

"……로그인 보너스. 3분 지나면 놓칠 뻔했어."

유이는 화면을 조작하기 시작했다.

열심히도 하는구나 생각하면서 유키는 전부터 궁금했던 것을 물어보았다.

"그러고 보니 유이가 맨날 핸드폰으로 하는 그 게임, 미나 씨 회사 거 맞지?"

"……응, 맞아."

전에 유이가 유키에게 보내준 게임 플레이 영상에서 나왔던 곡과 미나 씨가 식사 후에 부르던 곡이 똑같길래 신경 쓰여서 알아본 것이다.

그랬더니 제작사 홈페이지에 당당히 '대표이사 호리이 미나'라고 적혀 있는 것이 아닌가.

"유이가 그렇게 빠져 있다는 건 역시 재밌다는 거구나."

스마트폰 게임은 오타니의 권유로 한번 해본 적이 있다. 제대로 진도를 나가려면 꽤 많은 시간을 빼앗기기 때문에 유키의 생활 리듬과는 맞지 않아 금방 그만두었지만, 확실히 스테이터스나 스킬이 올라가거나, 뽑기에서 좋은 캐릭터를 뽑았을 때는 즐겁기도 했다.

"……재밌어. 하지만 그것뿐만이 아냐."

유이는 화면을 흐뭇하게 바라보며 말을 이었다.
"엄마가 만든 게임이니까……."
"유이 양은 역시 엄마를 무척 좋아하는군요."
코토리가 그렇게 말하며 유이의 머리를 쓰다듬었다.
"응."
즉답하며 유이가 고개를 끄덕였다.
"……옛날에. 내가 5살 때. 열이 난 적이 있었어."
유이는 옛날을 회상하듯 먼 곳을 보며 말을 꺼냈다.
"……하지만 그땐 아빠가 입원해 있을 때라 집에 안 계셔서, 혼자 있는 게 너무 외로워서 엄마한테 전화를 해버렸어. 일하는 중인데."
유이에게도 그런 시기가 있었구나. 유키는 의외라고 생각했다.
지금의 유이라면 오기로라도 연락은 하지 않을 것 같다.
"그랬더니 엄마가 바로 집에 와서 같이 있어 줬어……."
유이는 기쁜 얼굴로 눈을 살짝 가늘게 뜨더니 그렇게 말했다.
"그런가요……. 좋은 어머님이시네요."
코토리가 그렇게 말했다.
"……미나 씨도 대단하시네."
유키도 감탄한 듯 말했다.
당시 미나가 얼마나 바빴는지 본 것은 아니지만, 아마 지금과 큰 차이 없을 정도로 일하고 있었을 것이다. 전에 가볍게 조사했을 때는 최근 5년 사이 급성장한 회사라고 경제계 뉴스 사이트에 적혀 있었다. 아마 유이가 다섯 살 때라면 마침 이제 막 성장하기 시작한 시기일 것이다.

오히려 지금보다 더 바빴을지도 모르는데, 그런데도 아픈 딸 곁으로 달려온 것이다.

'생일 파티 때도 결국 와줬고, 미나 씨는 유이를 좋아한단 말이지.'

그런 생각을 하는 유키였다.

◇

효도에게 아파트와 가장 가까운 편의점 앞에서 내려달라고 부탁한 뒤 유키와 두 사람은 자신들의 집 앞으로 돌아왔다.

주위는 완전히 어두워졌다. 이미 평소 같으면 유이가 자신의 집으로 돌아갔을 시간이었다.

"……그럼 잘 자."

유이는 자신의 집 문을 열면서 두 사람에게 말했다.

저녁도 놀이공원에서 먹고 와서 이제 준비를 하고 잠만 자면 된다.

"네, 잘 자요, 유이 양."

"잘 자, 유이."

코토리와 유키가 그렇게 말하자 유이는 한 번 고개를 끄덕이고 자신의 집으로 들어갔다.

"그럼 우리도 일찍 잘까? 생일 때 밤을 새웠을 때는 컨디션이 별로였으니까. 역시 잠이 중요하다는 걸 절실히 깨달았어."

"……."

"음, 왜 그래, 코토리?"

"네? 네, 뭔가요?"

"아니, 우리도 내일을 대비해서 일찍 자자고 했는데."

"그랬군요…… 그렇죠."

유키는 코토리의 모습에 위화감을 느끼면서도 자신의 집 열쇠를 따고 문을 열었다.

코토리도 유키 것을 포함해 오늘 입은 옷의 빨래를 하고 난 뒤 잘 준비를 했기 때문에 함께 유키네 집으로 들어갔다.

"다녀왔습니다……."

유키가 신발을 벗고 집으로 들어갔다. 반면 코토리는.

"……후우."

현관에 들어서자마자 신발도 벗지 않은 채 주저앉아 버렸다.

"괜찮아, 코토리?"

"네, 죄송합니다. 힘이 빠져서."

코토리는 오늘 드물게 유이나 유키에게 이것저것 하자고 제안하며 솔선수범 나서서 놀이공원을 즐겼다. 익숙하지 않은 일을 해서 피곤한 걸까?

유키는 그렇게 생각했다.

"유키 씨…… 오늘 저, 밝게 행동했나요?"

코토리는 유키에게 그런 말을 물어왔다.

"왜 그래, 갑자기? 그야 뭐, 유이보다 훨씬 더 적극적이었고 즐거워 보이긴 했어."

"……그렇군요. 그렇다면 다행이에요."

작게 중얼거리듯 말한 코토리의 목소리는 떨리고 있었다.

그때서야 유키는 비로소 알아차렸다.

"코토리…… 무리해서 밝은 척한 거구나."

오늘뿐만 아니라 아마 유이의 이사를 통보받은 날 이후로 계속.

"네, 그랬는데 오늘은 유이 양과 나가는 마지막 외출이라고 생각하니까 너무 슬퍼서."

"……그러게. 쓸쓸해지겠지."

유키는 코토리 옆에 앉아 무릎을 감싼 채 고개 숙인 그녀의 머리를 부드럽게 쓰다듬어 주었다.

"감사합니다…… 흑."

코토리가 유키 쪽으로 머리를 기댔다.

그 눈에는 눈물이 배어 있었다.

솔직히 유키도 비슷한 심정이었다. 요 한 달 조금 넘는 시간 동안 유이와 함께하는 생활이 당연해졌다. 분명 가버린 후에는 적적함을 느끼겠지.

유키조차 그런데, 특히나 더 가깝게 지내온 코토리는 어떨까. 그야말로 유키가 옆에서 보면 정말 모녀지간이 아닐까 싶을 정도였다.

그러니 유이가 없어지는 것이 더더욱 괴로울 것이다.

"그래도."

코토리가 유키의 어깨에 기대어 눈물을 흘리며 말했다.

"여기서 제가 어두운 얼굴을 하면 유이 양은 분명 미안해할 거예요……. 그러니까 전 끝까지 웃는 얼굴로 유이 양을 배웅할래요."

"……응."

"하지만 지금만은 유키 씨에게 어리광을 부려도 될까요?"

"아아, 물론이지. 전에도 말했듯이 난 네 어리광을 받아 주고 싶으니까."

유키는 그렇게 말하고 코토리의 몸을 끌어안았다.

"유이 앞에서 울지 못한다면 지금 여기서 많이 울어둬."

"……네, 흑, 감사합니다."

유키는 그 후 한동안 자신의 품 안에서 우는 코토리의 등을 부드럽게 어루만져 주었다.

◇

그것은 유이가 유키네가 사는 아파트를 떠나기까지 일주일이 채 남지 않은 날의 일이었다.

그날 유키의 일은 낮부터라 아침에는 코토리와 함께 평

소와 같이 보냈다.

점심 직전이 되면 유이도 학교가 쉬는 날이기 때문에 유키의 집으로 찾아온다.

"유이 양, 아침 아직 안 먹었나요?"

"……응."

"그렇군요. 된장국이랑 밥이 남았는데 먹을래요?"

붕붕 힘차게 고개를 끄덕이는 유이.

"후후, 차려줄게요."

코토리는 그 모습을 보며 미소 짓고는 주방으로 향했다.

'……정말로 유이 앞에서 밝게 행동하고 있구나.'

놀이공원에 간 날 이후 일주일 가까이 지났지만 그 이후로는 우는 일이 없었다.

'……그래도 때때로 표정이 어두워지는 일이 많아졌어.'

유키는 코토리를 보면서 그런 것을 깨달았다.

앞으로 일주일 동안 과연 버틸 수 있을까?

그런 생각을 하고 있을 때였다.

문득 화면을 보니 드물게도 메시지 착신 알림이 와 있었다.

기껏해야 오타니나 후지이에게 가끔 연락이 오는 정도라 유키는 애초에 스마트폰을 보는 일이 적었다.

"응, 미나 씨?"

도대체 무슨 용건일까 싶어 메시지를 읽었다.

『할 애기가 있어. 오늘 밤 유키 군의 집에 갈 테니까 코토리와 함께 들어줄 수 있을까?』

◇

"오랜만이네, 이 집에 들르는 것도."

공부와 아르바이트를 마치고 유키가 돌아온 저녁.

유이가 자신의 집에 돌아간 지 얼마 지나지 않아 미나가 유키의 집에 모습을 드러냈다. 그녀의 뒤쪽에는 효도가 반듯하게 서 있다.

코토리가 교복 다림질을 멈추고 두 사람을 맞이했다.

"어서 오세요, 미나 씨, 효도 씨. 어서 들어오세요."

미나는 "그럼 사양 않고" 하며 신발을 벗고 유키가 있는 거실 쪽으로 들어갔다.

"유키 군. 미안해. 바쁜 와중에."

"그런 말을 미나 씨한테 들으면 제가 더 죄송하죠."

유키는 쓴웃음을 지으며 그렇게 말했다.

"유이는 이미 자기 집으로 돌아갔나 보네."

"네, 돌아온 지 얼마 안 돼서 아직 깨어 있을 것 같지만요. 그래서 하실 말씀이라는 게 뭐죠?"

유키는 미나가 바쁠 것이라고 생각해 즉시 용건을 묻기로 했다.

"그 일 말인데……."

미나가 말을 꺼냈을 때, 코토리가 쟁반에 차를 담아 가져왔다.

"아아, 마침 잘 됐어. 코토리도 같이 들어줄래?"

"네? 네, 알겠습니다."

코토리가 미나 옆에 찻잔을 놓고는 유키 옆에 앉았다.

"그래서 이야기라는 건 유이에 관한 건데."

유이?

대체 무슨 일일까 하고 유키도 코토리도 의아한 얼굴로 바라보았다.

그리고 미나는 전혀 예상치 못한 말을 했다.

"너희들에게 유이를 맡기고 싶어."

"네?"

"예?"

두 사람 다 미나의 말뜻을 이해하지 못했다.

미나는 그런 두 사람의 반응을 보고 "아, 자세히 설명할게"라며 말을 이었다.

"원래부터 생각은 하고 있었어. 나는 어린 시절을 미국에서 보내서 괜찮지만 유이는 해외 이주를 해버리면 지금까지의 국내 이주보다 환경도 더 크게 변해서 많이 힘들 거야. 내 사정에 맞추느라 무리해서 미국에 갈 필요 없이 유이는 이대로 일본에 남는 게 좋지 않을까 싶었거든."

"……그렇군요. 전에도 잠시 그런 말씀을 하셨었죠. 하지만 유이를 맡길 수 있는 친척이 없다고."

유키의 말에 미나는 고개를 끄덕인다.

"그래, 지금까지는 그랬어. 하지만…… 지금의 유이에게는 너희가 있지."

미나는 유키와 코토리 쪽을 보며 그렇게 말했다.

"사실 지난 2주 동안 효도에게 부탁해서 너희 두 사람을 지켜봐달라고 했어. 너희는 진심으로 유이를 생각하고 행동해줬고, 두 사람 다 어린 나이에 어른들이 무색할 정도로 똑 부러지지. 유이를 돌보면서도 본인들의 일을 소홀히 하지 않는다는 것도 정말 멋진 일이야."

아, 그래서 효도 씨가 생일 뒤에 자주 얼굴을 보인 거구나.

남몰래 납득하는 유키.

"무엇보다 너희들과 있을 때의 유이는 기뻐 보여……."

그렇게 말하며 미나가 웃었다.

그 미소에는 약간의 자조도 섞여 있었다. 마치 "나와 있을 때와는 다르다"라고 말하는 것처럼.

"물론 지금까지와는 달리 정식으로 맡기는 거니까 금전적인 면에서는 확실히 지원해줄게. 유키 군도 일의 양을 줄이고 공부에 더 많은 시간을 할애할 수 있을 거야. 그뿐만 아니라 유키 군만 괜찮다면 대학 학비도 내가 내줄게. 아이를 하나 맡기는 거니까 그 정도는 당연히 해줘야지. 물론 지금까지와 같이 도우미로 온 아베 씨는 유이에게 붙여둘 거고. 형식상으로는 그녀가 보호자가 되겠지만 말야."

미나는 조건을 제시한 뒤에 유키와 코토리 쪽을 똑바로 바라보며 말했다.

"어때? 너희들만 괜찮다면 꼭 앞으로도 유이를 돌봐줬으면 좋겠어."

그렇게 말하며 깊이 고개를 숙이는 미나.

"……."

갑작스런 제안에 잠시 침묵하는 유키. 그러나 유키의 대답은 정해져 있었다.

"……저희는 물론 좋지만요."

유키는 그렇게 말하면서 코토리 쪽을 보니 코토리도 같은 생각인 듯 고개를 끄덕였다.

오히려 자신도 코토리도 유이와는 가능하면 떨어지고 싶지 않았기 때문에 그렇게 되어준다면 기쁜 일이었다. 특히 코토리가 무척 좋아할 것이다.

……하지만.

"유이 양은 미나 씨와 함께 가고 싶어 하지 않을까요?"

그렇게 말한 것은 코토리였다.

누구보다 유이 곁에 있던 코토리였기에, 유이가 미나를 좋아하는 마음을 온전히 알기 때문에 건넨 말이었다.

"그렇진 않을 것 같은데?"

하지만 미나는 반쯤 확신한 듯한 어조로 그렇게 말했다.

"뭐, 어쨌든 너희들은 좋다는 거지? 고마워."

미나는 다시 고개를 숙이더니 무릎에 손을 얹고 씩씩하게 일어섰다.

"그럼 바로 유이한테 이야기를 해볼게. 아마 아직 일어나 있겠지?"

미나는 그렇게 말하더니 현관 쪽으로 걸어갔다.

"아, 우리도 가자."

유키와 코토리도 일어나 서둘러 뒤를 따랐다.

◇

"내가 직접 문을 열고 들어가는 건 얼마 만인지."

미나는 그런 말을 하며 유이의 집, 정확히는 미나와 유이의 집 문을 열었다.

"아, 실례합니다."

유키도 미나의 뒤를 이어 집안으로 들어갔다.

코토리도 그 뒤를 따랐다. 효도는 아무래도 문 앞에서 기다리는 듯했다.

집안에는 불이 켜져 있었다. 유이는 아직 안 자고 있는 것 같다.

"그러고 보니 유이네 집에 들어가는 건 처음이네."

"저는 딱 한 번. 편의점 도시락 용기가 몇 개 흩어져 있었어요. 지금은 유키 씨 집에서 먹고 있어서 그런 일은 없는 것 같지만……."

"……그렇군."

유키는 거기서 무언가를 깨달았다.

미나가 현관을 들어가는 것에 익숙하지 않다는 것이다.

자택의 현관이라면 자연스럽게 발밑에 눈길을 주지 않아도 집으로 들어갈 수 있었다.

하지만 미나는 마치 처음 오는 곳인 양 아래를 내려다보며 신발을 벗고 있었다.

"미나 씨, 이사한 뒤에 이 집에 들어온 건 몇 번 정도인가요?"

"거의 회사나 출장지 호텔에서 자니까 두 번 정도려나?"

그런 말을 하는 미나.

그 말을 뒷받침하듯 세탁기나 주방 조리기구, 침대 등 유키 집에 있는 것과는 달리 품질도 가격도 비싸 보이는 가구류는 모두 새것이나 다름없었다.

쓰이는 것은 TV 앞에 놓인 소파와 좌식 테이블뿐.

그 소파 위에서 유이는 이불을 덮은 채 스마트폰 게임을 하고 있었다.

"……!"

유이는 그제서야 미나의 모습을 눈치챘는지 화들짝 놀라 스마트폰에서 고개를 들었다.

그 바람에 목까지 덮여 있던 이불이 스르르 바닥으로 미끄러졌다.

"아, 저기……."

미나는 조금 전까지의 거침없고 명랑한 말투와는 달리 뭐라고 말문을 열어야 할지 망설이고 있었다.

한편 유이도 한동안 굳어 있었지만.

"……(꾸벅)."

곧 정중히 인사했다.

"아, 응, 나야말로."

미나도 덩달아 고개를 숙였다.

신기한 광경이구나. 유키는 그것을 보고 생각했다.

이곳은 미나의 집이고 유이와는 모녀사이이니 "다녀왔습니다", "어서 와"라는 대화를 해도 될 텐데. 마치 타인이 찾아온 것 같은 반응이었다.

잠시 두 사람은 굳어 있었지만, 이윽고 미나가 "후" 하고 한숨을 내쉬더니 이야기를 시작했다.

"이제 자려고 했을 텐데 미안해, 유이. 실은 네게 하고 싶은 말이 있단다."

"……응, 무슨 일이야?"

"이 이야기는 이미 유키 군 쪽에는 허락을 받은 건데……."

그렇게 말하며 미나는 아까 유키 일행에게 했던 이야기를 유이에게도 시작했다.

미국에는 자신만 가고 유이는 유키나 코토리가 있는 일본에 남지 않겠느냐.

그런 내용이었다.

미나가 유이에게 말하는 동안 유키는 잠시 집안을 둘러보았다.

들어왔을 때도 보았지만 미나가 사놓았을 질 좋은 가구들은 마치 전시품인 것처럼 쓰인 흔적이 없었다.

그와 대조되는 것은 TV 앞 좌식 테이블과 소파.

좌식 테이블 위에는 학교 교재와 지우개 찌꺼기, 그리고 간식 부스러기나 포장지가 어지러이 널려 있었다.

소파에는 누군가가 오랜 시간 앉거나 잠들면서 생긴 것으로 보이는 주름과 함께 이불이 놓여 있다.

벽 쪽의 침대 시트는 구겨지지 않은 상태였고 소파와 좌식 테이블 주위 이외에는 깨끗한 것을 보면 아마도 유이는 자기 집에서는 공부하는 것도 노는 것도 자는 것도…… 줄곧 소파에서 해결하는 것 같았다.

유키의 친가였다면 어머니에게 곧장 '칠칠치 못하다'라는 잔소리를 들을 상황이었지만, 유이에게는 그런 말을 해줄 상대가 없는 것이다.

"……그러니까 유이, 유키 군네랑 일본에 남는 게 어떻겠니?"

그런 생각을 하는 사이 미나는 유이에게 대강의 사정을 설명하며 그렇게 물었다.

"……."

유이는 잠시 말없이 고개를 숙였다.

유키는 유이가 고개를 끄덕이지 않으리라는 것을 직감했다.

TV 앞에 있는 게임기와 그 위에 쌓인 여러 게임 소프트웨어 때문이었다.

유키는 쌓여 있는 게임 소프트웨어의 제목을 본 기억이

있었다.

미나의 회사를 알아봤을 때, 그녀의 회사가 스마트폰 게임 사업에 진출하기 전에 만들고 있던 것이다.

모든 패키지는 가구와 달리 여러 번 꺼낸 흔적이 있어 평소 유이가 그 게임들을 플레이한다는 것을 알려주고 있었다.

'전에 게임할 때 처음 해본다고 말했던 건 대전 게임이 처음이라는 뜻이었나…….'

스마트폰 게임뿐만 아니라 미나가 만든 게임은 분명 전부 플레이하고 있을 것이다.

유이는 생각보다 미나를 좋아하는 것이다.

하지만…….

"……응. 알았어."

유이는 그렇게 대답했다.

"어?"

유키의 입에서 저도 모르게 그런 말이 새어 나왔다.

"그래……. 응, 그게 좋겠구나."

미나는 만족스러운 얼굴로 고개를 끄덕였다. 그리고 유키 일행 쪽을 보고는 웃는 얼굴로 말했다.

"그럼 두 사람, 다시 한번 우리 딸을 부탁할게. 그쪽으로 가기 전에 한 번 더 감사 인사를 할 테니까."

미나는 그렇게 말하고 휙 일어섰다.

"나는 이만 일하러 가봐야 해. 자세한 건 또 효도를 통해서 전하게 될 것 같아."

그러면서 유키의 어깨를 두드린다. 유키는 아무런 대꾸도 하지 못했다.

미나는 그대로 효도와 집을 나섰다. 문이 덜컹 닫혔다.

"……."

"……."

집안에 정적이 감싸였다. 유키가 유이 옆으로 다가가 말했다.

"저기, 유이. 정말 괜찮아?"

그 말을 듣고 잠깐 고개를 숙였던 유이가 다시 고개를 들고 말했다.

"……응."

'그렇다면 그렇게 괴로운 표정 짓지 말아줘.'

고개를 든 유이의 표정은 그 어느 때보다 서글퍼 보였다. 입술을 깨물고 우는 걸 간신히 참고 있다는 느낌이다.

"칫."

유키는 집 밖으로 뛰쳐나갔다.

아파트 계단을 한 계단 뛰어내려 인근 주차장까지 달리자 마침 검은색으로 칠한 고급 세단이 출발하기 직전이었다.

"미나 씨!"

한밤중에 동네에 폐를 끼치는 것도 개의치 않고 큰 소리로 미나의 이름을 불렀다.

그 소리가 들렸는지 뒷좌석 창문이 열린다.

"어머? 왜 그래, 유키 군. 내가 뭐 두고 왔나?"
그러면서 자신의 정장 안주머니에 손을 넣는 미나.
"하아, 하아…… 아니, 그게 아니라요."
유키는 갑작스러운 전력 질주로 거칠어진 숨을 고르며 말했다.
"유이 말이에요."
"아아, 앞으로 잘 부탁해. 유키 군이 진학하게 되면 사정이 달라질 수도 있겠지만, 그때까지는."
"그게 아니에요!"
유키는 미나의 말을 가로막듯이 말했다.
"유이는 미나 씨와 함께 가고 싶어 해요."
이 말을 유이 본인이 아니라 유키가 말해버리는 것은 규칙 위반일지도 모르지만, 저런 표정을 짓는 유이를 마냥 보고 있을 순 없었다. 게다가 미나는 착각을 하고 있었다.
"아까도 말했지만 그건 아닌 것 같아. 평범하게 생각해서 제대로 얼굴도 마주치지도 않는 상대를 좋아할 리가 없잖아?"
바로 이거다. 물론 자주 만나지 못했을 수도 있다. 하지만 적어도 유이에게 미나는 절대로 대체할 수 없는 엄마인 것이다. 유이가 얼마나 그녀를 좋아하는지, 미나는 모르고 있었다.
"유이는 미나 씨 일에 방해가 되고 싶지 않을 뿐이에요. 사실 미나 씨를 좋아해요."

"그건 좀 이상한 이야기 같은데?"

미나가 말했다.

"만약 나를 좋아한다면, 나와의 시간을 빼앗는 내 일은 유이에게 적이겠지? 왜 그걸 굳이 존중해 주려는 건데?"

"그건……."

반박하려 했지만 말이 나오지 않았다.

그러고 보니 왜 그럴까?

유이가 남을 배려할 줄 아는 착한 아이라서 그런 것이기도 하다. 그것도 분명 이유 중 하나다.

하지만 그것은 '어떻게 그 나이대 아이가 그렇게까지 부모의 업무 사정을 신경 쓸 수 있는가?'라는 이유는 되지 않았다.

"어쨌든 유이는 선택을 했어. 나는 부모로서 그 선택을 존중해주고 싶어."

"……."

남에게 필요 이상 간섭하기 어려운 유키로서는 더 나가기 힘들었다. 확실히 미나와 떨어지겠다는 것은 유이 본인이 내린 결론이었다.

더군다나 코토리 때처럼 그냥 내버려 두면 육체적 학대에 계속 노출되는 것도 아니었다. 유이의 결단을 존중해주는 것이 옳을지도 몰랐다.

유키는 말을 멈추려고 했다. 그때 코토리의 말이 떠올랐다.

『저는 당신의 참견에 구원받았으니까요. 자신감을 가져 주세요.』

……그렇지, 코토리.

“그래도.”

유키는 미나를 똑바로 쳐다보며 말했다.

“미국에 가기 전에 다시 한번…… 유이와 차분히 이야기해 주세요.”

“…….”

미나는 한동안 그 강한 눈빛으로 이쪽을 묵묵히 바라보는가 싶더니…….

“하아, 알았어. 네가 그렇게까지 말한다면야. 시간을 낼 수 있을 것 같으면 한 번 더 유이와 이야기해 볼게.”

“감사합니다.”

“……다만, 결과는 변하지 않을 거라고 생각해.”

미나는 그렇게 말하고는 차 창문을 닫고 주차장을 빠져나갔다.

◇

한편 그 시각.

“유이 양…….”

유이의 집에서는 코토리가 고개 숙인 채 주저앉아 있는 유이의 정면에 앉았다.

그리고 아무 말도 하지 않고 유이의 손을 자신의 두 손으로 감싸 안았다.

잠시 정적이 두 사람 사이를 타고 흘렀다.

"……."

"……."

코토리는 이럴 때 강하게 사람의 마음을 움직일 수 있는 말이 나오지 않는다.

밀어주는 것에 약하다고 할까, 수동적이라고 할까.

그래서 이런 것 정도밖에 할 수 없었다. 그런 자신이 늘 한심하다고 생각했다.

"……됐어. 이걸로 됐어."

정적을 깬 것은 유이 쪽이었다.

"이제…… 엄마한테 방해가 되지 않을 수 있어. 분명 엄마도 내가 없어야 일에 더 집중할 수 있을 거야……."

"그, 그렇지는……."

않아요, 라고 말하려 했다. 하지만 지금의 유이에게 말해도 의미가 없다는 것을 깨달았다.

현실에서 엄마에게 "너만 일본에 남지 않겠느냐"라는 말을 들은 직후니까.

어린아이에게는 부모라는 존재가 그렇게 말했다면 그게 전부인 것이다.

"……게다가 유키도 일을 줄일 수 있고, 코토리와도 함께 있을 수 있는데?"

유이는 코토리 쪽을 보며 그렇게 말했다. 그 눈을 보고 코토리는 숨이 막혔다.
몇 번이나 본 눈이었다.
그것은 유키의 도움을 받기 전, 거울 앞에서 여러 번 보았던 것이었다.
타인을 위해 자신의 마음을 깊이 눌러 죽이고 있는 인간의 눈.
"……우리는 신경 쓰지 않아도 돼요."
코토리는 최대한 부드러운 목소리로 그렇게 말했다.
하지만.
"코토리는……."
유이가 코토리의 눈을 똑바로 바라보며 입을 열었다.
"내가 남는 거…… 싫어?"
"그, 그렇지 않아요. 오히려 너무 좋아요. 하지만……."
그 말을 들으면 코토리는 그렇게 대답할 수밖에 없다. 실제로 가능하다면 이사하지 않기를 바랐던 것도 사실이니까.
"……유이 양. 한 번만 더 들려주세요. 정말, 정말로 괜찮아요?"
"응."
이번에는 유이가 즉답했다.
"……이게 모두에게 가장 좋아."
유이의 말투에는 여느 때처럼 흔들림이 사라져 있었다.

제7화 엄마와 딸

유키가 미나의 차를 보내고 아파트로 돌아오자 마침 코토리가 유이의 집에서 나오고 있었다.

"유키 씨……."

"유이는 어때?"

코토리는 고개를 젓는다.

"의지를 굳힌 것 같아요."

"그래……. 그 애는 한번 결정하면 완고하니까."

유이의 좋은 점이기도 하고 걱정스러운 점이기도 하다.

"미나 씨한테는 다시 한번 유이와 차분히 이야기해달라고 부탁했어."

"그렇군요, 유키 씨는 굉장하네요. 저는…… 유이 양에게 아무 말도 못 했어요……."

표정을 흐리며 풀이 죽는 코토리.

"나도 딱히 별거 안 했어. 미나 씨한테 이런저런 얘기를 들으니까 대꾸할 말이 없더라."

후우, 하고 한숨을 내쉬며 유키가 말했다.

"……젠장, 아직도 어리구나, 나는. 전에 시미즈가 코토리를 데리고 돌아가려고 했을 때도 그랬지만, 여차할 때 어른이 강하게 주장해오면 아무래도 물러서게 돼."

미나에게는 어른답지 않고 야무지다는 식의 등의 평을 들었지만, 역시 그런 상황에서 자신은 아직 어리다는 것을 절감하게 된다.

"빨리 되고 싶다…… 어른이."

자신이 옳다고 생각한 것을 양보하지 않을 수 있는, 그런 강한 어른이 되고 싶었다.

"그러게요……. 저도 되고 싶어요."

코토리가 그렇게 말하며 손을 잡아 왔다. 유키도 그 손을 맞잡았다.

둘이서 밤하늘을 올려다보았다. 이런 심정인데도 보름달은 은은하게 밤을 밝히고 있었다.

빠진 부분이 조금도 없는 그 근사한 보름달은 마치 유키에게 너는 아직 미숙하구나, 라고 말하는 것만 같았다.

"그래도…… 미숙해도 미숙한 대로 전하고 싶은 건 있어."

유키는 그렇게 말했다.

"아마 이대로 다시 미나 씨와 유이가 이야기해도 결론은 바뀌지 않을 거야."

미나는 딸이 자신의 옆에 있는 것보다 유키 일행 곁에 있는 것이 낫다고 말할 것이다.

유이는 미나에게 폐가 되지 않도록 일본에 남겠다는 선택을 할 것이다.

"나는 그게 유이의 의지라면 그대로 따라야 한다고 생각해. 거기에 대해서는 미나 씨와 같은 생각이야."

유이의 인생은 유이 것이다.

설령 아이라도 스스로 결정한 선택에 남들이 왈가왈부할 수는 없다고 생각한다.

"하지만."

유키는 비어 있는 쪽의 손을 꽉 쥐며 말했다.

"저 모녀는 서로의 마음을 너무 오해하고 있어. 적어도 서로의 마음을 제대로 이해한 뒤에 결론을 내렸으면 좋겠다고…… 생각해."

"……맞아요."

"저기, 코토리."

유키가 코토리 쪽을 바라보았다.

그리고 그 눈을 똑바로 보고 말했다.

"나는 미나 씨와 유이의 오해를 풀어주고 싶어. 좀 억지스럽고 과한 방식이 될지도 모르지만…… 도와줄 수 있을까?"

"네."

즉답이었다.

"괜찮아? 내가 말하긴 그렇지만 만약 오해가 풀리면 유이는 미국에 가게 될지도 모르는데?"

코토리는 유이와 떠날 거라 생각했던 지난 몇 주 동안 늘 외로움을 필사적으로 억눌렀다.

원래라면 유이가 남아주길 바랄 것이다.

"저는 절 닮은 그 아이가 행복했으면 좋겠어요."

하지만 코토리는 그렇게 말했다.

그리고 강하게 결의를 다지듯 유키와 잡고 있는 손에 힘을 주었다.

"너무 쓸쓸하잖아요. 사실은 서로를 좋아하고 있는데 헤어져 버려야 한다니. 만약 그때 유키 씨가 저희 집에 와서 아버지에게서 절 구해주지 않았다면, 저도 그렇게 됐을 거예요. 그걸 생각하면…… 너무 괴로워요."

"……그래, 맞아."

확실히 미나 모녀와 1학기 때의 유키와 코토리는 비슷할지도 모른다.

서로가 서로를 배려하고 지나치게 신경을 쓴 나머지 헤어졌다.

이럴 때는 역시 그게 필요한 것이다.

"좋아, 해보자. 남의 모녀 관계에 끼어드는 '쓸데없는 참견'이라는 걸."

유키는 코토리의 손을 힘껏 움켜쥐며 그렇게 말했다.

이틀 뒤.

유키는 오전 일을 마치자마자 작업복을 입은 채 집에서 세 역 정도 떨어진 곳에 있는 빌딩 앞으로 왔다.

이 빌딩의 2층에서 5층까지가 미나의 게임 제작사 사무실이다.

유키는 빌딩 앞에 도착해 휴대전화로 『도착했습니다』라는 메시지를 보냈다.

잠시 기다리고 있자 엘리베이터에서 두 명의 아름다운 여성이 내려왔다.

한 사람은 무뚝뚝한 얼굴에 안경을 쓴 키 작은 여성 효도.

그리고 당연히 또 한 명은.

"정말이지, 여자친구가 있는데 내게 데이트 신청을 하다니, 너도 꽤 제법이구나."

미나였다. 평소와 같은 새빨간 드레스 슈트에 몸을 감싸고 당당한 걸음걸이로 이쪽을 향해 걸어온다.

어제 유키는 미나에게 『미국에 가기 전에 감사 인사를 하겠다고 하셨는데, 그렇다면 내일 점심쯤에 저랑 같이 배팅 센터에 가주시겠어요? 일과 일 사이에 시간이 조금 비어 있거든요』라는 메시지를 보내두었다.

"뭐, 이제부터 유이를 돌봐줄 테니까. 보답으로 이 정도 시간은 내야지."

미나는 그렇게 말하더니 평소 신던 하이힐을 운동화로 갈아 신고 스트레칭을 하며 의욕을 불태웠다.

◇

"핫!"

까앙! 하고 금속 배트가 연식구를 힘차게 튕기는 소리가 났다.

배터박스에 들어선 미나가 팔을 휘두르자 한 손이 배트에서 떨어질 정도로 크고 호쾌한 스윙으로 공이 날아갔다.

"와, 현역 선수 같아."

네트 뒤에서 보고 있던 유키가 그런 말을 중얼거렸다.

유키 일행이 효도의 차를 타고 온 곳은 도시에서 조금 떨어진 곳에 자리한 배팅 센터였다. 땅값이 싼 만큼 넓게 터를 잡고 있어 네트까지의 거리가 꽤 되는데도, 미나는 편안한 모습으로 네트 위 맨 끝까지 타구를 날린 것이다.

"후우, 오랜만에 하니까 기분 좋네."

미나는 만족스러운 듯 배트를 어깨에 메고 배터박스에서 나왔다.

"엄청난 스윙이네요. 옛날에 많이 휘둘러 보셨나 봐요?"

전에 이야기했을 때는 야구는 관전파고, 직접 하는 건 한숨 돌릴 겸 배팅 센터에 다니는 정도라고 했던 것 같은데…….

"아, 이 회사를 시작할 땐 막히는 일이 많았거든. 그래서 그때마다 여기 왔더니 어느새 이 정도는 할 수 있게 된 거야."

"얼마나 막혔었길래……."

경험자인 유키가 보기에도 미나의 스윙은 '잠깐 놀러 다녔어요' 수준은 아니었다.

몇만, 몇십만 번 휘두르지 않으면 몸에 배지 않는 것.

막힐 때마다 왔었다는 건 그만큼 휘둘렀을 정도로 갖은 애를 쓰면서 회사를 경영해 왔다는 뜻이었다. 순수하게 감탄이 나왔다.

하지만 그렇기 때문에 그만큼 쳐내야 했던 것도 있었겠지.

"미나 씨…… 한 가지만 물어봐도 될까요?"

"뭐야? 쓰리사이즈라면 저번 달에 쟀을 땐 위에서 96, 55……."

"아니, 아니. 그쪽이 아니라요."

유키는 정신을 가다듬고 진지한 톤으로 말했다.

"……역시, 아이는 무거운 짐인가요?"

"응? 아이라는 건 유이를 말하는 거니?"

"네, 유이는 역시 일에 방해가 되나요?"

유키가 그렇게 말하자 미나는 즐겁던 낯빛을 확 바꾸더니 불쾌한 듯 눈살을 찌푸렸다.

"하아, 그 일을 이야기하려고 여기 초대한 건가…… 돌아갈게."

미나는 그렇게 말하더니 배트를 내려놓고 그 자리를 떠나려고 했다.

"아, 잠시만요! 잠시만 얘길 들어주세요."

"내 의견은 변하지 않아. 약속대로 다시 한번 그 아이와 이야기는 하겠지만 그때도 그 아이의 선택을 우선시할 거야."

"그럼 그 전에 아까 질문에 대답해 주세요. 유이는 일에 방해되나요? 짐이 되나요?"

유키가 집요하게 물고 늘어지자 미나가 한숨을 쉬며 말했다.

"하아…… 너도 고집이 세구나."

그녀가 문득 배팅 센터의 스트럭 아웃 코너를 바라보았다.

그러더니 지갑에서 천 엔짜리 지폐를 꺼내 유키에게 건네며 말했다.

"그러고 보니 너 투수라고 했지? 그럼 이걸 다 쓰기 전에 퍼펙트를 해내면 뭐든지 대답해 줄게."

그녀가 짓궂은 투로 그렇게 말했다.

스트럭 아웃이란 12번 공을 던져 9개의 과녁을 맞추는 게임이다.

단순한 게임이지만 실패 없이 아홉 곳을 모두 노려서 맞추려고 하면 그 난도는 단숨에 치솟는다. 퍼펙트는 프로야구 선수라도 쉽게 낼 수 없는 것이었다.

천 엔으로 도전할 수 있는 수는 단 여섯 번. 그 사이에 퍼펙트를 달성할 것이라고 자신 있게 고개를 끄덕일 수 있는 인간은 그리 많지 않을 것이다.

하지만 유키는.

"퍼펙트만 하면 되는 거죠?"

그렇게 말하며 스트럭 아웃 코너로 들어갔다.

◇

유키의 아버지는 캐치볼이나 투구 연습으로 유키의 공을 받을 때 어떤 규칙을 철저하게 지켰다. 그것은 바로, 노린 곳에서 벗어난 공은 잡아주지 않고 직접 주우러 가야 한다는 것이었다.

조금이라도 컨트롤이 어긋나면 상당한 거리를 달려서 가지러 가야 했기 때문에 유키는 처음엔 엄청나게 귀찮아했다. "자기는 노린 곳에 공을 다시 던지지도 못하면서 무슨 소릴 하는 거야, 망할 아버지"라는 생각도 했다.

하지만 뭐, 철이 들었을 때부터 그런 식으로 캐치볼을 하고 있었으니 '노린 곳에 정확히 던진다'라는 습관이 유키의 몸에는 배어 있었다.

유키는 스트럭 아웃 코너에 들어서자 우선 한 게임으로 몸을 풀며 현재 자신이 지닌 감각을 파악했다.

'약간 손에 힘이 많이 들어가는 날이네.'

그리고 두 번째 게임에서는 당연하다는 듯이 아홉 장의 과녁을 모두 맞히고 말았다.

"……후우, 역시 스태미나는 많이 떨어졌구나."

벌써부터 숨이 가쁘다. 막노동을 하다 보니 근력 자체는 많이 떨어지지 않았지만 심폐기능 쪽은 아무래도 약해진 것 같다.

"……"

경악한 얼굴로 입을 떡 벌리고 있는 미나.

"유키 군, 너 정말 굉장하구나……."

"컨트롤을 중시해서 구속을 내지 않았으니까요."

"아니, 그걸 떠나서 하는 얘기야."

유키가 스트럭 아웃 코너에서 나왔다.

"그럼 미나 씨, 약속대로 대답해 주세요. 유이는 당신 일에 방해가 되나요?"

단호한 투로 물어오는 유키의 말에 미나가 체념한 듯 말했다.

"방해가 되냐고 하면…… 딱히 그렇지 않아. 그 애는 손이 많이 안 가니까."

"그럼 왜 유이를 떨어뜨리려고 하죠?"

"그런 건 아니야. 전에도 말했듯이 이번에 일본에 남으라고 한 건 그 아이를 위해서였어."

"아니, 그 얘기가 아니에요."

유키가 말하는 것은 평소에 대한 이야기였다.

"확실히 바쁘시긴 하지만 유이와 보낼 시간이 전혀 없는 건 아니잖아요? 저희를 데려다주신 레스토랑에 가끔 갈 정도의 시간이나, 이렇게 저랑 배팅 센터 갈 정도의 시간은 있잖아요."

"……"

미나는 그 말을 듣고 입을 다물었다.

신경이 쓰인 계기는 미나가 전에 레스토랑에서 식사를 함께했을 때 "먹고 싶을 때 여기서 식사를 할 수 있는 건"이라고 말한 부분이었다.

즉, 바쁘다고는 해도 가끔 몇 시간 차를 타고 와서 좋아하는 것을 먹을 수 있는 정도의 시간은 있다는 뜻이다. 식사 시간을 좀 길게 잡은 정도고 제대로 된 휴식이라고는 할 수 없을 정도의 자유시간이지만, 그럼에도 가는 김에 유이를 불러 함께 식사할 수는 있었다.

하지만 유키가 지금까지 본 바로는 유이는 한 번도 '미나가 먼저 불러서' 만난 적이 없었다. 유키가 본 것은 단 두 번. 한 번은 유이 쪽에서 부른 생일 파티, 또 한 번은 유이에게 일본에 남지 않겠느냐고 제안하러 왔을 때뿐이다.

유키에게는 마치 미나가 의도적으로 유이를 피하고 있는 것처럼 보였던 것이다.

"혹시 미나 씨…… 유이를 싫어하시나요? 솔직히 말씀하셔도 돼요. 그렇더라도 유이한테는 말하지 않을 거고, 그 애는 저희가 맡을게요. 저희는 유이를 좋아하니까요. 본인을 좋아하지 않는 사람과 함께 있는 것보다 좋아하는 사람과 함께 있는 편이 좋은 건 확실하니까요."

"……싫어하지 않아. 거기에 거짓은 없어."

"그럼 왜 의도적으로 피하시는 거죠?"

"그건……."

미나는 조금 망설였지만, 이윽고 근처 벤치에 걸터앉아

한숨을 내쉬었다.

"하아, 난감하네. 솔직히 한심한 얘기라 별로 말하고 싶지 않았는데."

미나는 먼 곳을 바라보며 말했다.

"그 애를 어떻게 대해야 할지 모르겠어……. 그래, 어느새 어떻게 대해야 할지 전혀 모르게 됐어."

그렇게 말하며 미나는 옛날이야기를 시작했다.

◇

아버지는 무관심했다.

어머니는 간섭이 지나쳤다.

미나가 자란 가정은 단적으로 말해 최악이었다.

아버지는 거의 집에 돌아오지 않았다. 뉴욕에서 일본으로 이사한 뒤로는 특히 심했다. 장신에 나름대로 잘생긴 외국인이라 꽤 인기가 있었는지, 밖에서 여러 명의 여자와 노느라 집에는 몇 달에 한 번 오면 자주 오는 편이었다.

어머니는 화풀이하듯 미나를 자기 뜻대로 만들고자 했다. 입는 것부터 노는 것, 배우는 것까지 하루 스케줄을 모두 엄마가 정한 대로 하지 않으면 화를 냈다.

그 모든 것을 미나는 꾹 눌러 참았다. 하지만 어머니가 기어이 미나의 방에 감시 카메라를 달고, 나아가 그걸 알게 된 아버지가 어머니에게 아무 말도 하지 않았을 땐 인내심의 한계를 넘어 화가 났다. 감시 카메라를 바닥에 내려쳐서 부순 미나에게.

"미나는 왜 내 뜻대로 되지 않는 거니?"

그녀의 엄마는 그렇게 말하며 굵은 눈물을 흘렸다고 한다.

"……지옥에나 떨어져, 빌어먹을 노친네."

미나가 마음속으로 완전히 부모와의 연을 끊은 순간이었다.

이런 망할 부모와는 1초도 함께 있고 싶지 않았고, 이런 인간들이 번 돈으로 살아간다는 게 치가 떨렸다.

미나는 고등학교를 나오자마자 합격한 대학도 포기하고 부모에게 행선지를 밝히지 않은 채 멀리 떨어진 동네에서 홀로 생활을 시작했다.

밤일로 일당과 자금을 벌며, 엄마 몰래 즐겁게 했던 게임을 제작하는 회사를 세워 죽도록 일했다.

아무에게도 의지하지 않을 수 있도록, 누구에게도 간섭받지 않을 수 있도록, 홀로 살아갈 수 있도록.

그래서 회사에서도 철저하게 독불장군으로 일했다. 실제로 자신의 판단과 지시로 조금씩이지만 업적은 늘어갔다.

……아무도 믿지 않고, 자신의 힘만으로 살아갔던 것이다.

그때였다. 후일 남편이 될 남자를 만난 것은.

그날은 한 상장사 임원이 부하 직원을 데리고 미나가 일하는 고급 클럽에 와 있었다.

출근한 호스티스가 총출동하여 접대를 했고, 미나도 돌

아가려던 참에 붙잡혀 테이블에 앉게 되었다.

'……빨리 돌아가서 소프트웨어 기획을 생각하고 싶은데.'

그날 미나는 심기가 불편했다.

최근 회사 실적 성장세가 주춤했기 때문이다.

호스티스 일은 수입은 나쁘지 않지만 시간이 많이 소요되고 손님들의 눈치를 봐야 한다. 그것이 굉장히 못마땅했다.

'……빨리 회사 쪽 실적을 늘려서 이런 일은 그만둬야지.'

미나에게 배정된 상대 이름은 호리이 타쿠야라고 했다.

둥근 테 안경을 쓴 호리호리한 20대 초반 정도의 남자. 외모는 미나와 달리 지극히 평범했지만 온화한 미소가 인상적이었다.

하지만 이 호리이라는 남자는 기껏 미나가 귀중한 시간을 내어 접객을 하고 있는데, 어떤 이야기를 꺼내도 조금 곤란한 얼굴로 "하하하" 하고 웃을 뿐 조금도 이야기가 나아가질 않았다.

미나는 그 눈부신 외모 덕에 이 가게의 넘버원이었고, 그 사실에 적지 않은 자부심을 가지고 있었다.

거기에 짜증까지 더해지자 결국 이런 말을 해버리고 말았다.

"뭐 하자는 거야, 당신! 내가 접객을 하고 있는데 그런 시시한 표정이나 짓고 있고!"

종업원으로서는 상당한 문제 발언이었지만, 미나는 이

걸로 잘린다면 차라리 게임 제작에 집중할 수 있으니 상관없다는 마음도 있었다.

하지만.

"아, 이거 실례했습니다. 실은 상사에게 억지로 끌려온 거라 긴장이 돼서 그만."

그렇게 말하며 순순히 고개를 숙이는 호리이.

"……아, 그렇구나. 이런 가게에 익숙하지 않았군요."

"네, 게다가 지금껏 본 적이 없을 정도로 예쁘신 분이 오셔서, 괜히 더 무슨 말을 해야 할지 막막해서요."

"그, 그래요?"

완전한 기습으로 직설적인 칭찬을 들어 살짝 당황한 미나.

"게다가 전 전무님들과 달리 말을 잘하지 못해서…… 저기, 괜찮다면 미나 씨의 이야기를 해 주실 수 있을까요?"

"제 이야기요?"

"네, 취미 같은 게 있으면 그런 얘기도 좋습니다."

"취미는…… 뭐, 게임이려나요."

"아, 그래요? 저도 게임에는 꽤 일가견이 있습니다."

"어머, 재미있는 소릴 하시네요. 제 앞에서 그런 말씀을 하시다니. 일단 좋아하는 하드 이야기부터 할까요?"

그날 밤은 그 후 가게가 문을 닫을 때까지 호리이와 게임 이야기로 꽃을 피웠다.

호스티스 접객의 기본은 손님들에게 자신의 이야기를 많이 하게 하는 것인데, 그날은 미나가 훨씬 더 많이 말하고 말았다.

그리고 이틀 뒤, 둘은 늘 점심 식사를 하던 찻집에서 재회했고 그곳에서도 또 오랜 시간 이야기를 나눴다. 이번에는 게임 이야기뿐만 아니라 서로의 사적인 이야기도 했다.

어느샌가 미나는 호리이와 만나 밥을 먹으며 이야기를 나누는 것이 일상이 되어 있었다.

어느 날, 미나가 회사 일이 많아져서 일일이 다 확인하기 어렵다는 푸념을 했을 때 호리이가 말했다.

"미나 씨는 스스로 뭐든 할 수 있다는 이유로 전부 다 혼자 떠안으려고 하는 것 같아요. 좀 더 직원에게 맡겨 보는 게 어때요?"

남에게 지시받는 것이 화장실에 갑자기 튀어나오는 바퀴벌레보다 싫었던 당시의 미나는 무슨 소리를 하는 거냐며 반쯤 화를 냈다.

"미나 씨도 미나 씨 회사 직원도 일하는 게 즐겁지 않아 보여요. 게임은 즐거운 걸 만드는 일이잖아요. 만드는 사람도 적당히 힘을 빼고 자유롭게, 즐겁게 일하는 편이 더 좋은 결과물을 만들 수 있을 거라 생각합니다."

그 말까지 들으니 나름 일리가 있다고 생각했다.

호리이라는 남자는 온화하고 소극적이지만 때때로 건네오는 한마디가 날카로웠다. 미나가 그 의견에 짜증을 내더라도 동요해서 자신이 한 말을 철회하지는 않았다.

미나는 그 뒤 몇 가지 사업을 직원들에게 맡기고 직원들의 의견도 적극적으로 수용했다. 그러자 회사 분위기는 금세 좋아졌고 정체됐던 실적도 조금씩 늘어나기 시작했다.

"그런가요? 정말 다행이네요."

그것을 호리이에게 말하자 그는 마치 자신의 일처럼 기뻐했다. 그 모습을 보고 미나는 생각했다.

……아, 타인이 있는 것도 나쁘지 않네.

태어나서 처음 느끼는 감정이었다. 그래서 미나는 휴일에 호리이를 시청 앞으로 불러 혼인 신고를 하고 자신의 가족이 되어달라고 했다.

호리이는 당연하게도 처음에는 눈을 동그랗게 뜨며 놀랐지만, 이윽고 어이없다는 얼굴로 웃었다.

"미나 씨답군요."

그리고 혼인 신고서에 자신의 이름을 적었다.

결혼을 계기로 호스티스 일을 그만뒀고 그 이듬해 미나는 임신.

최대한 일을 병행하면서 무사히 유이를 출산했다.

하지만 유이가 건강하게 태어나준 것까진 좋았는데, 미나의 젖을 빨려고 하지 않았다. 아기에 따라서는 엄마의 수유를 거부하는 경우도 있다고 했다.

의사는 그렇다고 딸이 엄마를 싫어하는 건 아니라고 했지만, 아빠가 안을 땐 아무렇지도 않으면서 미나가 안으려고 하면 유이는 금세 울음을 터뜨렸다.

"미나 씨의 눈빛은 박력이 넘치니까."

타쿠야는 웃으며 그렇게 말했다.

자신은 육아에 적합하지 않다는 것을 통감했다.

뭐, 어쩔 수 없지. 일과 마찬가지다. 육아가 서투르면 특기 분야를 열심히 하면 된다.

미나는 회사 일에 집중하기 위해 타쿠야에게 전업주부가 되어달라고 하고 그 어느 때보다 일에 집중했다.

그리고 한 신입 사원의 발안으로 시작한 모바일 게임 사업이 대히트를 치면서, 미나의 회사는 급성장했다.

딸과의 소통이 조금 어색한 것 외에는 그야말로 순풍에 돛을 단 듯한 흐름이었다. 타쿠야와 만나고 나서 모든 것이 잘 풀리기 시작한 것이다.

하지만.

그 타쿠야가 난치병에 걸렸다. 판명을 받았을 땐 이미 상당히 진행된 상태라 의사에게 길어도 몇 년이라는 시한부를 선고받았다. 갑자기 발밑이 와르르 무너지는 느낌이 들었다.

미나는 남은 시간을 타쿠야와 어떻게 보낼까 생각했다.

"회사는 지금 중요한 시기야, 미나. 나는 괜찮으니까 치료비를 벌어와 주면 좋겠어."

"……알았어, 타쿠. 해외에서 최신 수술이든 뭐든 다 받을 수 있을 정도로 돈을 벌어다 줄게."

이미 시한부를 선고받은 마당에 최신 수술 같은 게 있을 리가 없었다. 하지만 미나는 그런 이유로 스스로를 타이르며 일에 몰두했다.

지금 생각하면 자신을 지탱해 준 남편이 곧 사라져 버린다는 현실을 외면하고 싶었는지도 모른다. 그리고 그로부터 몇 년 후 타쿠야는 세상을 떠났다.

최후의 순간조차 미나는 일 때문에 곁을 지키지 못했다.

장례식 때 유이는 눈물을 흘리지 않은 채 물끄러미 미나를 바라보고 있었다.

그 시선이 자기를 탓하는 것만 같아서.

그래서, 문득 자신이 지금 딸이 보기에 어떤 인간인지 돌아보았다.

제대로 집에 오지도 못하고, 아버지의 임종에도 일 때문에 돌아오지 못한 어머니.

'……아아, 나는.'

나는 어느샌가 그토록 경멸하던, 집에 무관심했던 아버지와 같은 사람이 되어 있었다.

이미 늦었지만 그럼에도 딸에게 무언가 해줄 수 있는 일이 없을까 생각했다.

어느 날 딸이 놀이공원 팸플릿을 보고 있었다.

어떻게든 하루 시간을 내서 같이 가는 정도는 할 수 있었다.

미나가 물었다.

"거기, 다음에 데리고 가줄까?"

그러자 딸은 잠시 공백을 두더니.

"……됐어."

그렇게 말하며 고개를 저었다.

"그래……."

"……응. 일 열심히 해."

그래, 그렇지.

이제 와서 무슨 낯으로.

다행히 딸은 혼자서도 야무진 아이였다.

응.

맞아, 애들은 알아서 자라는 법이다. 자신도 그랬다.

굳이 이런 엄마와 함께 있을 필요는 없다. 아이한테는 아이의 인생이 있으니까.

그렇게 미나는 다시 일에 몰두하게 되었다.

일은 갈수록 잘 풀렸고 국내에서도 유수의 게임업체로 손꼽히게 되며 미나의 회사는 더더욱 성장했다.

"……뭐, 그런 이유야. 요점은 겁먹고 도망친 거지. 그 애한테 애정을 받을 자신이 없어서."

미나는 그렇게 말을 마쳤다.

그 미려한 얼굴 위로 자조가 떠올라 있었다.

"……."

유키는 저도 모르게 입을 다물고 말았다.

역시 유명 기업을 처음부터 일궈낸 인간이라고 해야 할까. 정말이지 굴곡 넘치는 인생을 살아왔구나 싶었다.

그리고 동시에 자신과 비슷한 부분도 있었다. 특히 부모에 대해서는 유키도 미나와 마찬가지로 과도한 간섭을 받으며 자라온 인간이다. 물론 미나의 집안보다는 나은 편이었지만…….

"그렇군요……. 확실히 부모를 좋아하는 마음은 알 수 없었겠네요."

"맞아, 그런 부분은 정말 상상이 안 가."

유키조차 부모가 거슬린다는 생각을 더 많이 했을 정도다. 미나는 부모를 진심으로 미워했을 것이다.

그래서 자신이 유이에게 사랑받는다는 이미지를 더더욱 떠올리지 못하는 듯했다.

"그래서 유키 군이나 코토리와 함께 있으면서 행복해하는 유이를 보고 생각한 거야. 아, 유이는 이 두 사람을 좋아하는구나."

미나는 유키 쪽을 똑바로 보며 말했다.

"적어도 나보다는 훨씬 좋아해. 그러니까 아까 네 말이 맞아. 좋아하는 사람과 함께 있는 편이 행복한 법이지. 확실히 나는 유이에게서 도망치고 있지만, 유이의 행복을 바라는 것 또한 진심이야."

"……그런가요?"

유키는 그 말을 듣고 깊이 고개를 끄덕였다.

“즉, 미나 씨에게 유이가 딱히 방해가 되는 건 아니네요.”
“일에 전혀 영향이 없다고는 할 수 없지. 그리고 일반적인 부모 자식만큼 함께 지낼 수도 없을 거고. 하지만 가끔 같이 밥을 먹으러 가거나 놀러 가는 정도는 할 수 있어. 뭐, 원래부터 손이 많이 안 가는 착한 아이니까.”
“다만 유이한테 애정을 받을 자신이 없다?”
“적어도 유키 군, 너희에 비하면 말이야. 뭣보다 내가 아이라면 나 같은 부모는 싫을 거야.”
“그렇다면, 만약에 말이에요.”
유키는 말했다.
“유이가 미나 씨를 좋아하고 있고 함께 있고 싶다고 하면 미국에 데려가는 건 싫지 않다…… 그런 거죠?”
“그야 당연하지. 아까도 말했지만 난 그 애를 싫어하지 않아. 내가 할 소린 아니지만, 소중한 외동딸로 여기고 있어.”
확신에 찬 어조로 미나는 그렇게 말했다.
“……그런가요?”
유키는 그 말을 듣고 다시 깊이 고개를 끄덕였다.
“응, 그렇다면 아무 문제 없겠네요.”
그리고 기쁜 얼굴로 그렇게 말했다.
“응?”
무슨 말인지 이해하지 못해 멍한 표정을 짓는 미나.
“그러니까 요컨대 유이가 미나 씨를 좋아하고, 사실은 같이 가고 싶다는 것만 알면 되는 거잖아요?”

유키는 그렇게 말하고는 휴대폰을 꺼내 앱을 실행했다.
화면에 비친 것은 녹화한 동영상이었다.
해당 영상에는 유키의 집에서 코토리와 유이가 이야기하는 모습이 담겨 있었다.

◇

지난 저녁.
"……정말 이래도 되는 걸까요?"
코토리는 유키의 참고서 틈 사이에 녹화 모드로 해둔 자신의 스마트폰을 끼워 넣고 있었다. 아직 사용한지 얼마 되지 않아 그다지 익숙지는 않았지만, 이번에는 실패하면 안 되는 일이었으므로 유키에게 꼼꼼한 지도를 받아 사용법을 숙지해 두었다.
"유이 양에겐 나중에 제대로 이야기하고 사과해야겠어요."
결국은 몰래 찍는 거니까. 잠시 후 초인종이 울렸다.
"……후우, 좋아."
코토리는 심호흡을 한번 하고 화면을 눌러 녹화를 시작했다.
그리고 평소처럼 현관까지 가서 문을 열었다.
"……들어갈게, 코토리."
"네. 어서 오세요, 유이 양."
평소처럼 학교에서 돌아온 유이가 집 안으로 들어왔다.

유이는 들어서자마자 코를 킁킁거리며 말했다.
"좋은 냄새……."
"네, 오늘은 야채와 고기가 듬뿍 들어간 전골이에요."
와~ 하는 제스처로 두 손을 드는 유이. 코토리는 접시에 냄비 속 재료를 듬뿍 담아 갓 지은 밥과 보리차를 함께 쟁반에 올려 유이가 기다리는 테이블로 가져갔다.
"……잘 먹겠습니다."
유이는 예의 바르게 손을 모으고 밥을 먹기 시작했다.
코토리도 자신의 몫을 떠서 함께 먹었다.
지난 두 달 가까이 반복해 온 두 사람의 식사 풍경이었다.
하지만 코토리에게는 오늘 해야 할 일이 있었다.
"저기, 유이 양."
"……응?"
유이가 갈비를 우적우적 먹으며 코토리 쪽을 바라보았다.
"빠르면 다음 주겠네요, 어머님이 이사하시는 거."
코토리는 용기 내어 그 화제를 입에 올렸다.
"……응."
살짝 고개 숙인 유이의 모습에 조금 마음이 아팠다.
하지만 그렇기 때문에 지금은 마음을 굳게 먹고 물어봐야 할 것이 있었다.
"밥 다 먹고 나면 얘기 좀 하고 싶은데 괜찮을까요?"
유이는 말없이 고개를 끄덕였다.

◇

“잘 먹었어……. 오늘도 맛있었어.”

유이는 저녁을 다 먹고 코토리 쪽을 향해 꾸벅 고개를 숙였다.

“네, 감사합니다.”

코토리도 자신의 몫을 다 먹고 그렇게 말했다.

그건 그렇고 유키나 유이나 매번 맛있다고 하며 잘 먹어 주니 무척이나 만드는 보람이 있다. 아, 나는 행복한 사람이구나 하는 생각이 드는 것이다.

그러나 나는 지금부터 그 행복의 일부를 내 손으로 놓을지도 모르는 일을 할 것이다.

“……그래서 코토리, 할 얘기가 뭐야?”

“네.”

코토리는 잠시 일어서더니 유이 옆에 다시 앉았다.

“유이 양. 다시 한번, 다시 한번 유이 양의 마음을 들려주세요.”

그리고 유이를 정면으로 바라보았다.

“엄마와의 일…… 사실은 어떻게 하고 싶은가요?”

“…….”

유이의 푸른 눈동자가 조금 흔들린 것 같았다.

“……그건 전에 말했어.”

"네, 들었어요."
"나는 여기 남아…… 엄마를 안 따라갈 거야."
"그게 유이 양의 진심인가요?"
유이가 고개를 끄덕였다.
"……응, 다들 내가 그렇게 하는 게 좋으니까."
"그렇죠……. 어머님은 일에 더 집중하실 수 있을지도 모르고, 유키 씨는 일의 양을 줄일 수 있으니 공부에 더 집중할 수 있을 거예요. 그리고……."
코토리는 자신의 가슴에 손을 얹고 말했다.
"저도 앞으로 유이 양과 함께 있을 수 있어요."
그 사실은 코토리에게는 무척이나 기뻤다. 그래서 무심코 미소가 지어졌다.
"하지만."
코토리는 그 기쁨을 뿌리치고 말했다.
"그건 유이 양의 바람이 아니라 주위 사람들의 바람이 아닌가요?"
코토리는 유이의 작은 손에 자신의 손을 포개어 부드럽게 잡았다.
"저희는 빼고, 유이 양 본인의 바람을 들려주세요. 정말 온전히 자신만을 생각해서 말해주세요."
그리고 과거 유키에게 들었던 그 말을, 이번에는 자신을 닮은 소녀에게 해주었다.
"저는 유이 양의 어리광을 듣고 싶어요."

"……."

유이는 한동안 코토리에게 손을 잡힌 채 잠자코 있었다.

코토리는 말없이 유이의 눈을 똑바로, 지그시 쳐다보았다.

괜찮아, 괜찮아. 자신의 마음을 솔직하게 말해도 돼. 그렇게 조용히 타이르듯이. 그리고 1분이 넘도록 침묵이 계속되었다.

"……사실은."

마침내, 유이의 작은 목소리가 들려왔다.

"……엄마랑 같이 있고 싶어. 코토리도 정말 좋지만 역시 엄마랑 떨어지는 건 싫어."

유이는 힘겹게 그런 말을 뱉었다.

"감사해요. 솔직하게 얘기해줘서."

코토리는 그렇게 말하며 미소를 짓고 유이의 머리를 쓰다듬었다.

실제로 유이의 입에서 엄마와 함께 가고 싶다는 말을 들으니, 직접 물어 놓고도 조금 서운한 마음이 들었다. 하지만 동시에 유이의 마음도 너무나 이해가 되었다. 역시 아이에게 엄마란 특별한 존재였다.

"그렇죠. 저도 만약 어머니와 지낼 수 있다면 그렇게 하고 싶어요."

코토리는 어렸을 때 느꼈던, 지금은 돌아가신 어머니 손의 온기를 떠올리며 그렇게 말했다.

"……하지만."

유이가 서론을 꺼내며 말했다.

"나는 여기 남을 거야…… 엄마가 그러길 원한다면, 난 어리광부리지 않을 거야."

"유이 양……."

유이의 말에선 강한 결의가 느껴졌다.

유키가 미나의 질문에 대답하지 못했듯, 이 나이 또래 아이가 착하다는 이유만으로 이렇게까지 자신의 기분을 억누를 수는 없었다.

"왜, 왜 그렇게까지 하는 거예요?"

코토리의 물음에 유이가 답했다.

"……아빠도 그랬으니까."

유이가 말한 것은, 마침 미나의 회사 실적이 늘기 시작하고 아빠인 타쿠야가 병으로 쓰러져 있을 때의 일이었다.

◇

당시의 일을 유이는 아직도 생생히 기억한다.

하얀 벽과 흰 침대, 그리고 그 침대 위에 누워 있는 깡마른 아빠.

그런 아빠에게 일을 빼고 나온 정장 차림의 엄마가 걱정스럽게 말을 걸고 있었다.

유이는 지금보다 더 낮은 시선으로 부모님을 올려다보

고 있었다.

당시만 해도 미나는 매일같이 병원에 병문안을 왔다.

그러나 어느 날, 그런 미나에게 유이의 아빠인 타쿠야가 말했다.

"회사는 지금 중요한 시기야, 미나. 나는 괜찮으니까 치료비를 벌어와 주면 좋겠어."

당시만 해도 유이는 잘 몰랐지만, 실제로 미나의 회사는 실적이 크게 늘기 시작한 중요한 시기였다. 미나는 그 말을 듣고 슬픈 표정을 지었다.

하지만 곧 평소의 평온한 표정으로 돌아가 선언했다.

"……알았어, 타쿠. 해외에서 최신 수술이든 뭐든 다 받을 수 있을 정도로 돈을 벌어다 줄게."

"응. 그래야 미나 씨지."

아빠는 평소의 온화한 미소로 그렇게 말했다.

"유이는 조금 더 있어도 돼. 나중에 효도가 데려다줄 거야."

"……응."

유이가 고개를 끄덕인 것을 보고 미나는 그대로 발길을 돌려 병실을 나갔다.

"……."

"……."

미나가 사라진 뒤 병실에 정적이 찾아왔다.

"후우."

아빠는 크게 숨을 내쉬고는 몸을 침대에 맡겼다.

그러고는.

"흑…… 아아."

울기 시작했다. 유이에게는 늘 온화하고 차분한 어른이었던 아빠가 필사적으로 소리를 억누른 채 울고 있었다.

"……아빠?"

"미안하다, 유이. 놀랐지."

그러는 와중에도 굵은 눈물방울은 하염없이 이불 위로 떨어졌다.

"……사실은 말해버리고 싶어. 회사 일 같은 건 내팽개치고 마지막까지 쭉 함께 있어달라고."

"하지만" 하고 아빠는 안경을 벗으며 눈물을 닦았다.

"그렇게 한심한 짓은 할 수 없구나. 미나가 그 자리에 가기까지 얼마나 노력했는지 줄곧 옆에서 봐왔으니까. 드디어 찾아온 기회잖니."

아빠는 유이의 머리를 쓰다듬으며 말했다.

"이 일은 엄마한테는 비밀로 해주렴, 유이."

"……응."

눈가가 붉게 부어오른 아빠의 미소에, 유이는 말없이 고개를 끄덕일 수밖에 없었다.

아빠가 입원한 뒤 집에는 가끔 가정부가 오는 정도였고, 유이는 집에 혼자 있는 시간이 많아졌다.

그리고 어느 날.

유이는 열이 나서 드러누웠다. 가정부가 대부분의 간병

은 해줬지만 너무 불안한 마음에 유이는 미나의 회사로 전화를 걸어버렸다.

접수원이 미나를 바꿔주자 "기다려"라는 한마디만을 남기고 미나는 전화를 끊었다.

그리고 얼마 지나지 않아.

"상태는 어때, 유이?"

그녀가 유이 곁으로 찾아왔다.

기쁘고 든든하고, 힘들었던 마음이 단숨에 가벼워졌던 것이 지금도 기억난다.

……하지만.

"네, 네. 그 건은…… 죄송합니다."

유이의 간병을 하는 사이 미나는 여러 번 전화를 받고 사과했다.

나중에 미나의 회사 직원에게 물어보고 알게 된 사실인데, 미나가 유이의 간병을 나갔다가 다른 회사에 계약을 뺏기는 바람에 억대 계약을 놓쳤다고 한다.

아아, 나는 대체 무슨 짓을 한 걸까.

유이는 생각했다.

아빠가 그토록 힘들게 응원하는 엄마의 일을 방해하고 말았다.

그로부터 몇 년 후, 아빠는 병상에서 숨을 거두었다.

엄마는 거의 집에 오지 않고 일에 몰두하게 됐다.

유이도 아빠의 병문안을 갈 일이 없어지고, 기어이 혼자 있는 시간만이 남게 되었다.

◇

“그래도…… 외롭다는 말은 절대로 안 할 거야. 아빠가 그랬던 것처럼 나는 엄마한테 부담을 주지 않기로 결정했으니까. 왜냐하면 엄마는 상냥하니까. 분명 또 나를 위해 일을 놔두고 올 거야.”

“……유이 양.”

유이의 이야기를 들은 코토리는 할 말을 잃어버리고 말았다.

다만, 어린아이임에도 그 결의는 진짜일 거라 생각했다.

유이의 눈에서는 만났을 때 본 것과 같은 강한 의지가 느껴지고 있었다.

아마 자신이 무슨 말을 하더라도 변하지 않을 것이다.

그야말로 유이 엄마 본인이 아닌 이상…….

“유이 양은 정말 상냥한 아이네요.”

코토리가 할 수 있는 것은 그저 이 상냥하고 강한 소녀의 머리를 부드럽게 어루만지는 것뿐이었다.

그녀의 시선이 숨겨진 스마트폰 쪽으로 향했다.

‘……뒤는 부탁할게요, 유키 씨.’

◇

"……따님과의 대화를 몰래 촬영해서 죄송해요. 하지만 어떻게든 유이의 마음을 전하고 싶었습니다."

유키는 동영상 재생이 끝나자 미나의 눈앞에서 동영상 데이터를 삭제했다.

유이의 진심은 전했다. 이제 이 동영상은 필요 없다.

"……."

미나는 잠시 멍한 얼굴을 짓고 있었다.

그러더니.

"……뭐야, 타쿠도 참. 폼이나 잡고."

그렇게 말하며 작게 웃었다.

미나가 곧바로 벤치에서 일어나 말했다.

"유키 군, 유감스럽게도 급한 일이 생겨서 데이트는 여기까지야."

"네, 저야말로 시간을 빼앗아서 죄송합니다. 전 선배가 알바 하는 곳까지 데려다주기로 해서 바래다주지 않으셔도 괜찮아요."

"……그래, 고마워."

미나는 그렇게 말하고는 유키를 등지고 효도의 차 쪽으로 걸어갔다.

"지금 시간이면 아마 유이는 코토리와 함께 이사 준비를 하고 있을 거예요~!"

유키는 미나의 등에 대고 그렇게 말했다. 자, 우리가 해야 할 일은 전부 했다.

이제 그 모녀가 하기에 달렸다. 그 결과가 어떻게 되든 자신과 코토리는 그것을 받아들이기로 결정했다.

"……그럼 선배가 올 때까지 좀 더 치고 있을까?"

미나에게 받은 천 엔 중 남은 돈을 메달로 바꿔 타자박스에 들어선 유키는 오랜만에 배트를 휘두르기 시작했다.

◇

미나는 주차장에서 기다리던 효도의 차 뒷좌석에 올라탔다.

"오랜만에 오신 배팅 센터는 어떠셨나요?"

효도가 평소와 같은 평이한 목소리로 질문을 했다.

"기분 전환이 됐어. 그것보다 목적지 말인데, 사무실이 아니라……."

"자택이신가요?"

"……."

미나는 놀란 얼굴로 백미러에 비치는 효도를 바라보았다.

평소의 단조로운 표정을 한 얼굴이 아주 약간 짓궂게 바뀌어 있었다.

"사장님께선 좀 더 본인의 사적인 사정을 저희에게 떠넘기셔도 괜찮습니다."

"그래……. 어느샌가 나는 또 혼자 씨름하고 있었구나."

……있지, 타쿠. 역시 당신이 없으면 난 잘할 수 없나 봐.

그녀는 마음속으로 죽은 남편에게 말을 걸었다.

"출발하겠습니다."

평소와 같은 상태로 돌아온 효도가 깔끔하게 방향을 돌려 도로를 달리기 시작했다.

고급 세단이 조용히 주행하는 소리를 들으며 미나의 뇌리에 떠오른 것은 유이를 임신했을 때의 기억이었다.

처음에는 '아, 역시 했구나, 임신'이라는 느낌이었다.

물론 생겨도 괜찮다는 생각으로 생길 만한 일을 했으니 당연하다면 당연한 일이었다. 다만 본래 생리도 가벼운 편이었기에 도무지 자신이 임신하는 그림이 떠오르지 않았던 것이다.

아이를 낳는다는 것은 정말이지 성가신 일이었다. 입덧으로 구역질은 나지, 배는 크고 무겁지, 호르몬이나 신경의 균형이 무너져서 정서도 불안정해지지, 일에 지장을 주는 일들뿐이었다.

왜 신이라는 놈은 이런 귀찮은 짓을 해야지만 아이를 낳을 수 있게 만든 것인가, 장난하는 건가. 매일 그렇게 생각하곤 했다.

특히 낳을 때는 정말 아팠다.

빌어먹을 젠장, 두 번 다시 임신 따위 안 해. 그런 분노를

연료로 삼아 아픔을 견디며 간신히 아이를 낳은 것이다.
하지만 방금 이 세상에 생을 부여받은 자신의 아이를 보았을 때.
'……아, 이렇게 귀여웠구나.'
그래, 평범한 감상이지만…… 배 아파 낳은 나의 아이는 귀여웠다.
너무나도 어여뻤다.
정말로.
출산의 아픔 따위는 날아갈 정도로.
작고 손발도 짧아 내버려 두면 금방 죽지 않을까 싶을 정도로 여리고 여린 그 존재가 사랑스러웠다. 이 아이가 행복하게 자랐으면 좋겠다고 생각했다.
나처럼 친부모를 원망하고 그것을 동기로 살아가는 삶이 아니라, 누군가 곁에 있다는 것을 기쁘게 여기는 삶을 살았으면 좋겠다.
그래서 이름은 맺는다는 뜻의 유이(結).
'소중한 사람과의 유대 속에서 행복하게 지내기를'. 그런 마음을 담아 미나가 지은 이름이었다.
그리고 나는 딸이 그렇게 느낄 수 있는, 따뜻한 가정을 만들어주는 부모가 되자.
그때는 분명히 그렇게 생각했었다.

"……까맣게 잊고 있었네, 그때의 심정을. 정말 한심한 엄마야.”

미나가 자조하듯 그렇게 중얼거렸다.

“도착했습니다.”

효도가 그렇게 말하며 차를 세웠다. 미나는 차에서 내려 아파트를 향해 걸어갔다.

집으로 돌아가는 길임에도 여전히 낯선 경치들뿐이다.

그 사실이 자신이 딸과 마주하는 것을 얼마나 피해왔는지 여실히 알려주고 있었다.

미나는 한 걸음 한 걸음 아파트 계단을 올라갔다.

많이 늦었지만, 이번에야말로 제대로 딸을 마주하겠다는 결의와 함께.

열쇠를 열고 집 안으로 들어서자 유키의 말대로 딸은 코토리와 함께 이사를 준비하고 있었다.

텔레비전 앞에 놓여 있던 게임을 막 종이상자에 집어넣던 참이다.

갑자기 나타난 자신의 모습에 놀라는 유이. 코토리 쪽을 보자 그녀는 작게 고개를 끄덕이며 미나가 말하기 쉽도록 유이의 곁을 떠나주었다. 정말 야무진 아이야.

미나는 자신의 딸 바로 앞에 앉았다.

“……무슨 일이야?”

오랜만에 눈을 마주치고 대화하는 것 같다. 지금까지는 도저히 얼굴을 보고 말할 자신이 없었으니까.

“저기 유이…… 말 못 한 게 있었어.”

"……응."
"나는 유이가 미국에 같이 따라와 줬으면 좋겠어."
갑자기 전해진 미나의 말에 유이가 눈을 크게 떴다.
"……정말?"
"응, 정말."
미나는 시선을 피하지 않고, 똑바로 딸의 눈을 보면서 말했다.
"혹시 유이만 괜찮다면…… 엄마랑 같이 있어줄래?"
"……."
유이는 잠시 그 자리에 굳은 채 아무 말도 하지 못했다. 하지만 마침내.
"……응."
작게 고개를 끄덕였다.
"괜찮아? 모처럼 유키 군이나 코토리와 친해졌는데 함께 있지 못하게 될 거야. 그런데도 나 같은 거랑 같이 있고 싶은 거니?"
"응."
유이는 눈동자에 눈물을 글썽이며 말했다.
"엄마는 목소리도 크고, 좀 거칠고, 전혀 돌아오지 않지만…… 그래도 같이 있고 싶어……."
"유이!"
미나는 자신의 딸을 껴안았다.
갓난아기 때 안고 펑펑 울었던 이후, 또다시 미움을 받을까 노심초사하며 만져보지 못했던 딸의 몸은 어느새 훌쩍 커 있었다.

"미안해……. 엄마가 겁쟁이라, 네 마음을 몰라줘서……."

"일에 방해가 될지도 모르지만, 그래도…… 엄마랑 같이 있고 싶어."

유이의 눈동자에서 눈물이 흘렀다.

강하고 다정했던 어린 소녀가 줄곧 참고 있던 외로움이 굵은 눈물이 되어 그 뺨을 적셨다.

"응, 나도. 사실은 말이지…… 계속 이러고 싶었단다."

이번에 딸은 껴안고 있는 자신을 거절하지 않았다.

자신의 품 안에서 조용히 눈물을 흘리는 그 사랑스러운 존재를 미나는 다정하게 끌어안았다.

문득 앞을 보자, 그곳에 세상을 떠난 남편의 모습이 보인 것 같았다.

'……타쿠, 당신이 없는 세상은 자신 없지만, 앞으로는 내 나름대로 노력해볼게.'

마음속으로 그렇게 말을 걸자, 타쿠야의 모습은 그리운 미소를 조용히 입에 머금었다.

에필로그 유키와 코토리

유이와 미나가 아파트를 나간 지 일주일이 지났다.

유키의 생활은 평소대로 돌아왔다.

아침 일찍 일어나 학교에 가서 공부하고, 밤늦게까지 일하고, 돌아오면 코토리와 함께 지내다가 잔다. 가끔 그 금색 머리와 작은 몸이 생각나서 조금 쓸쓸하기도 하지만, 대체로 유이가 오기 전으로 돌아왔다고 말할 수 있었다. 다만…… 완벽히 원래대로라고 할 수 없는 것이 하나 있었다.

"……잠깐, 너!"

유키는 점심시간에 학교 복도에서 귀에 익은 목소리를 들었다.

"응? 아, 넌 코토리랑 같은 반에 있는……."

"요시다야! 요시다 사유리. 그보다 내 이름은 아무래도 상관없어."

이 염색 머리에 파마를 한 세련된 아이는 분명 코토리의 동급생이자 친구였을 것이다.

"너, 코토리한테 무슨 짓을 한 건 아니겠지?"

"뭐?"

"요새 걔, 기운이 없어. 대화할 때도 어딘가 건성이고……."

"아……."
짐작 가는 부분이 있었다.
"그렇구나. 역시 그렇겠지……."
"'역시'라는 건 네가 무슨 짓을 했다는 거네?!"
요시다는 유키를 노려보듯 말했다.
"그 애는 착한 애야. 뭔가 괴로운 일이 있어도 꾹꾹 눌러 참기만 하는 애라고…… 그러니까 남자친구라는 이유로 그 부분을 파고들어 괴롭게 하고 있는 거라면 절대 용서 못 해."
그르릉 하는 울음소리가 들려올 것 같은 기세로 유키를 몰아세우는 요시다.
용모가 단정하고 기가 세보여서 더더욱 박력이 느껴졌다.
하지만 유키는 오히려 안심했다.
"……너 괜찮은 녀석이구나."
"뭐?"
어리둥절한 얼굴의 요시다.
"앞으로도 코토리 친구로 지내줘."
"그런 건 당연하지. 그 애는 내 평생의 베프야!"
"전학 온 지 아직 두 달 정도밖에 안 됐는데……."
유키는 조금 어이없다는 얼굴로 그렇게 말했다. 뭐, 어쨌든 사이가 좋은 것 같아 다행이다.
"하지만 그래, 어떻게든 해야겠지."
유키는 그렇게 중얼거렸다.

◇

그날 밤. 아르바이트에서 돌아온 유키가 목욕을 마치고 코토리가 식사 준비를 마칠 때까지 책상에서 공부를 하고 있을 때였다.

쨍그랑.

주방에서 큰 소리가 났다.

유키는 무슨 일인가 하고 일어나 서둘러 주방 쪽으로 걸어갔다.

"코토리, 괜찮아?"

"……네. 소란을 피워서 죄송해요. 그리고 접시도."

코토리의 시선 끝에는 유키가 늘 쓰는 접시가 바닥에 떨어져 반으로 갈라져 있었다.

"그건 괜찮아, 그것보다 다치진 않았어?"

"아, 네…… 괜찮아요."

코토리는 유키 눈에는 과할 정도로 똑 부러지게 집안일을 해냈었는데, 최근에는 이런 일이 잦아졌다.

원인은 잘 알고 있다. 유이가 없어졌기 때문이다.

코토리는 유이가 사라진 후 집안일을 하고 있어도 가끔 어딘가 멍한 얼굴이었다.

뭐, 어쩔 수 없다. 코토리는 유이를 그렇게나 귀여워했으니까.

조만간 정상으로 돌아올 줄 알았는데, 생각보다 유이에

대한 미련이 강하게 남은 것 같았다.

"으음."

깨진 접시를 줍고 있는 모습을 걱정스럽게 바라보며 어떻게 해야 하나 고민하는 유키.

'……아, 그러고 보니.'

유키는 어떤 것을 떠올렸다.

이전 유이랑 셋이서 잠들었던 날 이후로는 코토리와 함께 잔 적이 없다는 것을.

"저기, 코토리."

"뭔가요?"

"오늘은 오랜만에 같이 잘래?"

사람이 사라져서 외롭다면 자신이 평소보다 더 오래 곁에 있어주면 조금은 나아질지도 모른다. 단순한 발상이지만 유키가 할 수 있는 생각은 그 정도가 고작이었다.

◇

유키는 잘 준비를 마친 뒤 작은 불만 켜고 침대에 누웠다.

"이리 와, 코토리."

자신의 옆자리로 코토리를 불렀다.

"……으음."

코토리는 수줍은 모습으로 우물쭈물하고 있었다.

"뭐, 뭐야. 이미 몇 번이나 같이 잤잖아."

연분홍색 잠옷 차림으로 그런 반응을 보이면 너무 귀여워서 곤란한데.

"하지만 저…… 새삼스럽게 유키 씨에게 권유받으니 부끄러워서."

"전에도 내가 먼저 권유했었잖아."

"아, 그건 그 자리의 분위기나 흐름도 있었고, 단둘이 아니라 유이 양도 있었잖아요."

코토리가 혼자 깜짝 놀라 고개를 숙였다.

"맞아요, 유이 양도 있었죠……."

"……코토리."

이건 꽤 중증이구나.

그렇기에 더욱 남자친구로서 안심을 시켜줄 때다.

유키는 코토리의 손을 부드럽게 잡아 자신 쪽으로 천천히 끌어당겼다.

그에게 이끌리듯 침대 위에 쓰러진 코토리의 몸을 유키가 껴안았다.

코토리의 여리고 부드러운 감촉과 샴푸의 은은한 향기가 유키의 품에 들어왔다.

"……역시 유이가 사라져서 쓸쓸해?"

"……네."

코토리는 침대 위에서 유키의 가슴에 몸을 맡기며 그렇게 대답했다.

"그래서 더더욱, 난 코토리가 멋졌다고 생각해. 사실은 유이가 남았으면 했는데도 유이를 위해 미나 씨의 오해를 푸는 걸 도와줬잖아. 이사하는 날도 마지막까지 웃는 얼굴로 보내줬고."

그렇다. 코토리는 스스로의 말대로 유이를 웃는 얼굴로 배웅해주었다.

자신이 떠나서 슬퍼한다는 것을 유이가 알아차리지 못하도록.

"그래도 난 유이를 보내고 단둘이 남으면 울 거라 생각했는데. 하지만 코토리는 울지 않았지."

유키는 코토리의 머리를 부드럽게 어루만졌다.

"괜찮아, 힘들면 울어도 돼. 이제 유이는 없으니까."

"유키 씨…… 감사해요. 하지만 좀 달라요."

코토리는 작게 고개를 저었다.

"유이 양이 없어진 건 확실히 쓸쓸해요. 그래도 그걸로 다행이라고 생각하고 후회는 없어요. 그런데 그냥…… 유이 양이 없어진 뒤로 조금 무서워져서……."

"무서워졌어?"

"네."

그리고 코토리는 금방이라도 울 것처럼 떨리는 목소리로 말했다.

"어머니도, 아버지도, 유이 양도, 내가 소중하게 생각하는 사람은 모두 내 앞에서 사라져 버리는 게 아닐까 싶어서……."

"아……."

확실히 그렇게 생각할 만도 하다.

정말 좋아했던 어머니는 어렸을 때 자신 때문에 잃어버렸다.

여러 가지 일이 있었지만 줄곧 함께 살던 아버지는 지금은 감옥 안, 유이도 미국으로 가버렸다.

"어머니도, 아버지도, 유이 양도, 모두 사라져버려서."

코토리가 함께 지내던 가까운 사람들은 모두 다 코토리 곁에서 사라지고 없다.

"만약, 만약의 일이지만, 유키 씨까지 제 앞에서 사라져 버린다면…… 그런 생각을 하니까. 만약 그렇게 되면 전……."

코토리가 유키의 등에 손을 두르고 꽉 달라붙었다.

그 몸도 목소리도 떨리고 있다.

"유키 씨는 옆에 있어 주실 거죠? 저를 떠나지 않을 거죠?"

"……당연하지."

"무서워요……. 너무 무서워요."

코토리는…… 울고 있었다. 굵은 눈물을 뚝뚝 흘리고 있었다.

'……지금의 코토리에게 무슨 말을 해도 분명 불안은 사라지지 않겠지.'

유키는 그렇게 생각했다.

말로 계속 같이 있겠다고 해봤자, 실제로는 지금까지 모두 코토리 곁을 떠나 버렸다. 그리고 앞으로도 계속 함께 있을 수 있을 거라는 보장은 없다. 그야말로 코토리의 엄마처럼 사고로 갑작스럽게 세상을 떠날 수도 있으니까.

하지만…… 결코 증명할 수도, 보증할 수도 없다 해도.

"코토리, 고개 좀 들어봐."

유키가 그렇게 말하자 코토리가 천천히 고개를 들었다.

우느라 눈매가 붉어졌지만, 그것도 포함해 역시 자신의 여자친구는 귀엽다고 다시 생각했다.

"눈 감아."

"네? 네, 알겠어요."

코토리가 시키는 대로 눈을 감았다.

"코토리, 사랑해."

유키는 그렇게 말하고는 자신의 입술을 코토리의 입술 위로 포개었다.

"……읏."

코토리는 처음엔 놀라서 몸을 움찔했지만, 이윽고 무슨 일이 일어났는지 깨달았는지 몸의 힘을 빼고 유키에게 몸을 맡겨왔다.

사랑스러운 그녀의 입술은 부드러웠고, 두 사람의 거리가 완전히 사라져 버린 듯한 감각이 기분 좋았다.

몇 초, 그대로 편안함을 맛보고는 이윽고 천천히 서로가 얼굴을 떼었다.

"유키 씨……."

코토리는 놀란 표정으로 이쪽을 바라보고 있었다.

"있지, 코토리. 앞으로 어떻게 될지는 아무도 몰라. 그래서 난 앞으로도 계속 네 곁에 있을 거라고는 장담할 수 없어."

고개를 끄덕이는 코토리. 코토리도 그것을 알고 있으니 불안한 것이다.

"그렇지만 말야."

유키는 코토리의 눈을 똑바로 바라보며 말했다.

"그런 장담은 아니라도 난 맹세할 수 있어. 난 계속 네 곁에 있을 거야. 아무 데도 안 가. 원한다면 하루라도 코토리보단 더 오래 살게."

유키는 또렷하고 힘찬 목소리로 그렇게 말했다.

아무런 보증도 근거도 없기 때문에, 더더욱 확실하고 힘있게.

"계속 함께 있어줘, 코토리."

"……."

유키의 말을 듣고 코토리는 무표정한 얼굴로 한동안 입을 다물고 말았다.

그런 모습을 보고 유키는…….

'이런, 큰일이다. 너무 성급했나?'

그렇게 생각했다.

잘 생각해 보면 지금 자신이 당당하게 뱉은 말들은 거의 프로포즈나 다름없는 말이 아닌가.

그것도 꽤 기합이 들어간 상태.

역시 아직 고등학생인데 갑자기 그런 말을 들으면 혼란

스럽겠지.

"앗, 코토리, 지금 그 말은 너무 무겁게 생각하지 않아도 돼, 그러니까 뭐랄까, 의지 표명이랄지, 청춘의 한 페이지랄지…… 으앗!"

코토리가 다시 유키를 끌어안았다.

심지어 아까보다 힘이 강했다. 아까 것이 '꼬옥' 정도였다면, 이번에는 '꽈아아아악' 정도의 느낌이다.

"싫어요. 무겁게 받아들일 거예요."

코토리는 반론 따위 받아들이지 않겠다는 듯 그렇게 말했다.

"이미 들었으니까요. 약속했어요. 평생 곁에 있어주시는 거죠? 저보다 하루라도 더 오래 살아주실 거죠?"

"어, 어어. 물론이지."

딱히 거짓말을 한 것도 아니고, 적당한 마음으로 말한 것도 아니었다.

"그런데 괜찮아? 평생인데. 아니, 난 기쁘지만."

"그럼요. 이렇게 된 거 내일 당장 혼인 신고를 하러 가요."

"아니, 아니, 애초에 난 아직 17살이야!"

"제 어리광을 받아주겠다고 하셨잖아요!"

"법률의 문제잖아!"

오랜만에 둘이서 잠든 밤은 그런 낯부끄러운 대화를 나누며 깊어만 갔다.

"후~ 아무튼 코토리가 기운을 차려서 다행이야."

"그래? 잘됐네."

그로부터 며칠이 지났다.

유키는 점심시간, 여느 때처럼 코토리가 만든 도시락을 펼쳐 놓고 뒷자리에 앉은 오타니와 대화했다.

"확실히 지난주쯤엔 내가 말을 걸어도 어딘가 멍한 느낌이었던 것 같은데, 오늘 2교시 이동 수업 도중에 만났더니 그쪽에서 좀 지나칠 정도로 발랄하게 먼저 말을 걸어오더라."

그날 밤 이후 코토리는 완전히 원래의 상태를 되찾았다.

오히려 전보다도 기운이 넘치는 느낌이었다.

유키의 오늘 도시락도 엄청나게 기합이 들어가 화려했다.

"갑자기 멀쩡해져서 놀랐어. 유키, 대체 너 뭘 한 거야?"

"어? 아, 글쎄, 뭐랄까."

키스하고 영원한 사랑을 맹세했습니다.

그렇게 말하면 무조건 바보를 보는 듯한 눈빛을 받을 것만 같다.

'……그나저나 말이지.'

생각해 보니 드디어 키스를 해버렸다.

지난달까지는 어떻게 키스까지 이어가야 할지 모르겠다는 소리를 하고 있었는데, 할 때는 하는 법이었다.

부드러웠지, 코토리의 입술. 키스를 기다릴 때 눈을 감은 얼굴도 너무 귀여웠다.

"……후후후."

떠올리자 히죽히죽 웃음이 나왔다.
“뭐야, 징그럽게.”
오타니가 어이없다는 얼굴로 그렇게 말했다.
그때였다.
“쇼코~!”
쓸데없이 청량감 넘치는 목소리가 들려왔다.
교실 문을 열고 들어온 것은 후지이 료타였다.
꽃미남에 190센티미터가 넘는 장신. 성적 우수에 커뮤니케이션 능력도 뛰어나고 게다가 야구부 에이스라는 매우 고사양 스펙을 가진 동급생이지만, 무슨 생각인지 오타니에게 홀딱 반한 괴짜다.
그러고 보니 최근에는 점심시간 때마다 오타니에게 고백하고 차이는 연례행사를 보지 못했던 것 같다.
후지이는 오타니에게 손을 흔들었다.
“오늘도 동아리 활동 끝난 뒤에 보자.”
“네, 네. 너무 늦을 것 같으면 연락해.”
“쇼코에 대한 사랑을 담은 메시지와 함께 보낼게.”
그렇게 말하고 윙크하는 후지이.
“하지 마. 이력 삭제하는 것도 귀찮아.”
여전히 신랄하다.
그러나 후지이도 늘 있는 일이라 그런지 특별히 신경 쓰는 기색도 없었다. 그저 오타니의 대답을 듣고는 환한 얼굴로 미소 짓고는 “그럼 이따 보자”라며 교실을 떠났다.

그 멘탈은 본받고 싶은 듯 본받고 싶지 않다.
"그보다 오타니, 오늘 후지이랑 방과 후에 만나기로 했어?"
"응, 요즘 자주 같이 가."
"오, 별일이네. 시험 기간도 다가오는데 공부라도 배우는 거야?"
오타니는 기본 성적은 평균점 이상인데 늘 수학만 괴멸적인 수준이라 매번 추가 시험을 보고 있었다.
"딱히 그런 건 아닌데. 아, 그러고 보니 말 안 했던가?"
"뭐를?"

"후지이와 사귀기로 했어."
"흐음, 아, 코토리한테 메시지 왔다."
보내온 내용은『유이 양이 사진을 보내줬어요!』라는 메시지와 유이와 미나가 미국에서 함께 여행하며 다정하게 있는 사진이었다.
아무래도 그 모녀는 잘 지내고 있는 것 같다.
다행이네, 유이.
그렇게 먼 곳에 있는 소녀를 향해 속으로 중얼거렸다.
"……응?"
"왜 그래?"
"오타니, 미안하지만 아까 한 말 다시 해줄래?"
"후지이와 사귀기로 했어."

"허어, 그렇구나."

"그래."

"그렇구나……."

"……."

"……."

"……."

"네에에에에에에에에에에에에에에?!"

잘 먹겠습니다!
으으,
드디어 내게도
친구와 점심
도시락을 먹는
날이 오다니…
아하하
이쓱-!
응, 물론이지
와! 요시다 씨 도시락,
컬러풀해서
맛있어 보여요.
직접 만드신 건가요?
언젠가
친구랑
반찬을
교환하는
꿈을
꾸면서
매일매일
연구를
거듭했어
뭐, 결국
1년 동안
그런 날은
오지
않았지만.
후후후……
추우욱
저, 저기
제 걸로도
괜찮다면
교환할까요?

후기

여러분 오랜만입니다. 키시마 키라쿠입니다.

『뛰내여』 2권은 재미있게 보셨나요?

그건 그렇고 여전히 쿠로 나마코 씨의 삽화는 너무 아름다워서 한숨이 절로 나올 정도입니다. 이번에는 특히 유이와 미나를 영혼을 담아 그려주셔서 키시마도 무심코 감탄의 한숨을 내쉬었습니다.

그리고 뭐니 뭐니 해도 이번에는 라탄 씨의 캐릭터 디자인의 힘이 빛을 발했습니다. 키시마가 보낸 어설픈 디자인 지정을 멋지게 비주얼로 승화해주셔서 디자인 러프가 도착했을 때는 무심코 방에서 혼자 기립박수를 쳤을 정도입니다.

이 작품이 훌륭한 크리에이터분들의 지지를 받고 있다는 것을 다시 한번 깨달았습니다.

그럼 마지막으로. 작가로서도 꽤 충격적인 결말로 끝난 2권이지만, 3권은 물론 그 캐릭터를 메인으로 한 이야기입니다. 기대해주세요.

뛰내여 2권
발매 축하드립니다!
삽화를 그리는 와중에도 눈물로 촉촉했습니다……
뛰내여를 만나 정말 행복합니다!

2권 발매
축하드립니다!
주인공 커플도 새 캐릭터들도
전부 다 눈을 뗄 수가 없어요!
Ratan

뛰어내리려는 여고생을 구해주면 어떻게 될까? 2

2023년 6월 15일 1판 1쇄 발행

저 자 키시마 키라쿠
일러스트 쿠로 나마코
옮 긴 이 이소정
발 행 인 유재옥
본 부 장 조병권
편 집 1 팀 김준균 김혜연
편 집 2 팀 박치우 정영길 정지원 조찬희
편 집 3 팀 오준영 이해빈 이소의
편 집 4 팀 전태영 박소연
라이츠담당 김정미 맹미영 이윤서
디 지 털 김지연 박상섭
미 술 김보라 박민솔
발 행 처 ㈜소미미디어
인쇄제작처 ㈜코리아피엔피
등 록 제2015-000008호
주 소 서울시 마포구 토정로222, 403호 (신수동, 한국출판콘텐츠센터)
판 매 ㈜소미미디어
마 케 팅 박종욱
영 업 최원석 최정연 한민지
물 류 백철기 허석용
전 화 (02)567-3388, Fax (02)322-7665

ISBN 979-11-384-7857-1
ISBN 979-11-384-3584-0(세트)